魔物を狩るなと言われた最強ハンター、料理ギルドに転職する

～好待遇な上においしいものまで食べれて幸せです～

1

NOBENOMASAYUKI
延野正行

Illust だぶ竜

Menu

プロローグ 003
第一章 011
第二章 123
第三章 161
第四章 201
エピローグ 297

Mamono wo Karuna to Iwareta Saikyo Hunter, Ryouri Girudo ni Tenshoku suru

Presented by Nobeno Masayuki
Illust by Daburyu

Mamono wo Karuna to Iwareta
Saikyo Hunter,
Ryouri Girudo ni Tenshoku suru

プロローグ

「ゼレット！　お前、またSランクの魔物を殺したな!!」

ハンターギルドの責任者――ギルドマスターのガンゲルは、俺を睨《ね》め付けた。

酒焼けしただみ声は、ギルドの中にあるガンゲル専用の執務室に響き渡る。

声とともに叩いた机には、山と書類が積まれており、一部がバサリと崩れて床に広がった。部屋の床には本や押収品、果ては酒瓶《さかびん》なども転がっていて、ひどく雑然としている。

なのに窓から差す陽光だけは神々しく、ガンゲルの亜麻色の髪の不自然さをより際立たせていた。

そんな部屋で俺は、一本の黒い棒のように立っていた。獣のような剣幕のガンゲルに対して、棺桶の中より暗いと言われる黒瞳《こくとう》を光らせ、沈黙で返す。

他のハンターから冷たいと名指しされる俺の瞳だが、ガンゲルの怒りの炎をかき消すまでには至らなかったらしい。反抗的な態度と見なされ、逆に油を注ぐ結果となった。

「何度言ったらわかる！　Sランクの魔物は倒すな、と命じただろうが……！」

再びガンゲルが机を叩くと、ついに書類の山は決壊する。

哀れ大惨事となっても、犯人は気にした様子もなく、口ひげを二度引っ張るだけだった。

ハンターとは「魔物」を討伐・駆除を生業とする仕事だ。そしてハンターギルドは、そうしたハンターを依頼先に派遣することを役目としていた。

国内の会員数七百人弱。その中で、成績や強さによってS、A、B、C、D、Eの六つの等級に分かれ、そのランクに応じて、魔物の駆除依頼が発注される。魔物もまた同じように六つに危険度が分類されており、ランクが高ければ高いほど報酬もいいが、危険も大きい。

俺はそんなハンター社会の中で、最高級のS級ハンターとして第一線で活躍してきた。

そのターゲットは常に最高難度〝S〟の魔物だ。

Sランクと一口に言っても、SとAには大きな隔たりがあり、その被害の大きさはもはや大地震や大嵐、長期的な旱魃《かんばつ》に匹敵する。Sランクの魔物は存在自体が災害なのだ。

俺はそんな魔物を日夜討伐し続け、今の地位に至った。

とはいえ、別に英雄を気取りたいわけではない。Sランクの魔物を躍起になって倒していたら、いつの間にか地位と名誉を手に入れていただけだ。

俺にとって、Sランクの魔物は大事なものを奪った仇である。その心は長い年月と倒した魔物の数によって風化しつつあるが、ヤツらが人類にとって害悪であることに変わりはない。

なのに先日、目の前にいるガンゲルから思いも寄らない命令が下った。

『Sランクの魔物の殺傷禁止令』である。

話を聞いた時は、我が耳を疑った。きっと何か悪い冗談だろうと……。

しかし、ハンターギルドは本気だった。すべてのSランクの魔物の討伐依頼は、全て「排除依頼」とし、殺処分を禁止したのである。

そんな矢先、俺は殺傷禁止令を破り、Sランクの魔物を仕留めてしまった。

「あれは仕方なかった。あそこで俺がSランクの魔物を殺さなければ、多くの村人が死んでいただろう。それとも村人の命などどうでもよかったと言うのか？」

「はっ！　私がそれを望んでいたとでも？　そんなわけがなかろう。私が言っているのはなあ、ゼレット。殺す以外にも、もっとやりようがあったはずだ、ということだ」

そう言って、ガンゲルは俺に書類を叩きつける。

数枚の紙には、今回の件について様々な意見が列記されていた。

『Sランクの魔物は絶滅に瀕している希少種だ』

『魔物もかけがえのない命』

『かわいそう』

『転送魔法で山奥に転送させるとかできなかったのか？』

『麻痺系の魔法で動きを封じれば……。殺す必要などなかった』

他にも様々な意見があったが、俺は読むのを止めて、ゴミ箱に捨てた。

「ゴミだな」

希少種？　命？　かわいそう？

だから、どうした？　それをSランクの魔物の前でも言えるなら、話を聞いてやろう。

その前に、頭からバリバリと食べられるのが、オチだろうがな。

転送魔法も、麻痺系の魔法も論外だ。

大抵のSランクの魔物はどれも巨大な体躯をしている。そんな超重量物を転送することはほぼ不可能だ。さらに巨体であるが故に、状態異常系の魔法や毒草の効き目は遅く、また効果も鈍い。そもそもそれが通じるなら、もうやっている。

このクレームを書いたヤツらは、Sランクの魔物の怖さを、少しもわかっていない。

一度このお花畑野郎たちを、Sランクの魔物の前に引きずり出してやろうかと思うほどだ。

「全く……。口先だけのヤツらばかりだ」

ここにクレームを書いたヤツらは、王女さまがキスをすれば、魔物が美男子の王子さまに変わると本気で思っているような連中なのだろう。

「これが世論だ、ゼレット。私だっておかしいと思う。馬鹿げているとは思うさ。しかし、今このヴァナハイア王国は魔物の保護に向かっている。こうした動きに合わせて、魔物の保護政策が今王国議会で議論されているそうだからな」

「また貴族を中心とした魔物の保護を訴える団体か。実情を知らない日和見《ひよりみ》主義の貴族たちだろ？無視していればいい」

「それがそうもいかん。その保護団体の息がかかった貴族が、王国議会で一割を超えた。たかが一割と思うな。たとえ一割でも重要法案を通す時に、この一割というのは存外馬鹿にできんのだ。あいつらが保護政策を通す代わり、票を売るようなことをすれば実施される可能性は十分にある」

嘘だろ？

魔物を倒さずして、どうやって生きていこうとしているんだ、連中は？

手を上げて、降参と言えば、許してくれるとでも思っているのだろうか？

「それだけではない」

「まだあるのか？」

「お前も知ってのとおり、ギルドの運営には多額の金がいる。お前たちハンターから徴収している会員費だけでは運営は困難だ。故に資金を提供してもらうパトロンの手助けが必要不可欠なのだよ」

「またパトロンが代わったのか？」

「ああ……。しかも次のパトロンは、その保護政策を訴える貴族だ。その貴族がうちに資金を提供する代わりに出してきた条件が……」

「Sランクの魔物の討伐禁止か」

「保護政策を訴える連中も馬鹿じゃない。魔物の危険性は承知している。故に個体数が多いAランク以下の魔物の討伐については許可を出した。だが、個体数が激減しているSランクについては……」

「だから、Sランクの魔物を狩るな？　ありえない！　Aランクはいい。まだ他のハンターでも討伐が可能だ。最悪王国の騎士団でも引っ張り出せば済む。しかし、Sランクの魔物は別だ」

「お前がSランクの魔物の討伐にこだわっているのはよ〜〜く知ってる。Aランクの魔物に興味を示さないのもな。子どもの頃に見た『仇』ってSランクの魔物が原因なんだろ？　だが、これは仕事だ。そしてハンターギルドは、お前の個人的な復讐心を満たす場所ではない」

「一時の感情でお前とこうして長々と喋ってるわけじゃない。俺が一番納得できないのは、Sランクの魔物が危険であることに変わりはないのに、それを放置することだ。それにSランクはダメだから、Aランクで我慢しろという論法も気に入らない」

そもそもAランクは他のハンターならともかく、俺からすれば雑魚中の雑魚である。

加えてSランクと比べると桁一つ報酬が少なく、経費も考えると、完全な赤字なのだ。

だいたいスリルがない。どうせ命のやりとりをするなら、手に汗握るような駆け引きがしたい。

たとえ少ない依頼料でもだ。それが、俺がハンターをやめずにいる理由だった。

「誰かさんが報酬の引き上げと、武器の整備代金を出してくれたら一考するがな」

「貴様の装備は高すぎるのだ。もう駄々をこねるのはやめろ。他のハンターは協力的だ。命令を破っているのはお前だけだぞ、ゼレット」

当然だ。この辺りで、Sランクの魔物を倒せるハンターなど、三人もいない。

むしろ命令破りをしている人間を探すほうが難しいだろう。

「……まあ、そういうことだ。だから、これからはAランクの魔物を――」

「断る」

「はあ？　話を聞いていたのか、ゼレット。もうSランクの魔物は討伐できない。保護政策が議会を通過するのも、時間の問題だ。お前が意地を張ったところで、ギルドの決定は変わらないぞ」

「決定が変わらないというのであれば、俺もそんなギルドにはこれ以上用はない」

「お前、まさか――」

「Sランクの魔物の討伐は、俺が命をかけて成し遂げてきたことだ。なのに、その危険性と生態もよく知らず、金をちらつかせて頭ごなしに禁止するような貴族と仕事などできん」

俺はガンゲルに背を向けた。

「俺はハンターギルドをやめる」

「正気か？　お前がやめたところで、Sランクの魔物を討伐できないことには変わりないんだぞ」

「承知している。だからといって、無価値な職場にずっといるわけにもいかん」

「貴様！　ハンターギルドが無価値だと!!」

「ああ。散っていった英霊たちも草葉の陰で泣いているだろう」

「はん!!　やめてどうするつもりだ！　お前はハンターとして超一流だが、それ以外に何ができる？　ハンター崩れのお前なんて、雇ってくれる職場なんてどこにもないぞ」

ガンゲルは吠え散らかすも、貴族に尻尾を振る狗の言葉など俺には届かない。

「…………」

俺は何も言わず、ただ静かに扉を閉めて出ていった。

こうして俺は、長年所属していたハンターギルドを後にしたのだった。

Mamono wo Karuna to Iwareta
Saikyo Hunter,
Ryouri Girudo ni Tenshoku suru

第一章

「暑い……」

俺は声を漏らし、ハッと目を覚ます。

視界に飛び込んできたのは、泊まっている宿屋の天井だ。

非常に年季が入っていて、時々雨漏りもする。建物自体は築六十年だそうだ。子どもの頃からこの宿屋のことは知っているが、それを聞いた時はさすがに驚いた。

宿屋『エストローナ』は、俺がハンターとして独立してからずっと泊まっている宿である。

床も天井もボロボロ。壁も薄くて、隣の部屋の寝息が聞こえてくる。風呂なし、トイレは共同。通りに面しており、窓を開ければ雑踏の声と砂埃が入ってくる。景色もいいほうではなかった。

その分、宿賃はお手頃価格だ。加えて朝夕、大家《オーナー》の手料理を食えるという特典が付く。味については好き好きといったところだろう。

S級ハンターともなれば、それなりに良い宿や、或いは郊外に一軒家でも建てられるのでは、と無謀な幻想を描く輩がいるが、答えはNOだ。

ハンターギルドは、昔から慢性的な資金難に陥っていて、金払いも非常に悪い。

さらに魔物といっても、そう人間の生存圏に出てきて悪さをするものではない。むしろ人間が魔物の縄張りに迷い込み、痛い目に遭うことがほとんどだ。

だからイメージほど、魔物の討伐依頼がないのである。

依頼がなければ、依頼料も出ない。当然ハンターギルドの売上は下がる一方だ。

そんな慢性的な赤字経営をパトロンの資金で補填《ほてん》してきたというのが、実情だった。

ガンゲルがパトロンに頭が上がらないのも、そういう理由があるのだ。

資金難はギルドの問題だが、討伐依頼がないのは、ハンター側にとっても死活問題である。

依頼料は年々先細りしていて、生活もままならない。

ハンターの中には、こっそり副業をしている者もいる。

昔二千名以上いたというハンター会員も、今や七百名と年々減少傾向にあった。

まあ、今さら愚痴《ぐち》をこぼしても仕方がない。

俺はついにやめたのだ、ハンターギルドを……。

今すべきことは、初夏とはいえ大量の汗を掻く羽目になっている元凶を取り除くことだろう。

俺は自分の下腹部当たりに視線を落とした。

猫耳の獣人娘が、ヒシッとしがみついている。太い尾をうねうねと動かし、俺の胸をまさぐりながら、実に幸せそうな顔を浮かべていた。

「ふにゃ〜。ししょー。むへへへ……」

「起きろ、馬鹿弟子！」

猫耳少女の頬を軽く叩く。嫌々と首を振るだけで、すぐに深い眠りにつくと、「いやん。ししょー！　そこは――全然ＯＫ」とやたら長文の寝言が返ってきた。

生まれたままの姿で俺の身体にしがみつき、これでもかとふくよかな胸を押し当ててくる。

この猫耳娘の名前はプリム・ラベッド。一応、俺の弟子ということになっている。

腰は細く、胸もなかなか。性欲が強い男なら貪り尽きたくなるほど、いい身体だ。

しかし、本人の頭の中身は六歳児——いや、それ以下かもしれない。

プリムは赤耳族《あかみみぞく》と呼ばれる獣人だ。一際目を引く赤い耳と、トロルが可愛く見えるほどの馬鹿力が特徴で、俺のハントにも同行し、後方要員《にもつもち》として活躍している。

「お前の部屋は隣だろ。鍵をかけていたのに、どうやって入ってきたんだ？」

その答えはすぐにわかった。

ドアノブがあらぬ方向にひしゃげ、鍵が壊されていたのだ。

誰がやったか尋ねるまでもないだろう。

「また大家に怒られるな、これは……」

黒髪の頭を掻くと、俺が寄りかかっていたベッドが動いた。いや、ベッドではない。

モフモフの獣毛が生えた大きなお腹であった。

次いでペロリと俺の頬を、大きな舌が舐める。

首を傾け、仰いだ視線の先には、鋭い黄金色の目があった。

ピョンと耳を立たせて、欠伸をすると鋭い牙が光る。

モフモフの銀毛は圧巻の一言だ。特に頭や顎下《あごした》の毛量が多く、尾はさらっとしてまた気持ちがいい。

毛量のせいでモコモコしているが、身体そのものはしなやかで、野性の狼を想起させる。

名前はリル。

神獣アイスドウルフの子どもで、俺の唯一の相棒である。

神獣という珍しい種類のリルは、そこらの魔物よりも遥かに強い。

Aランクの魔物なら、単独で倒せるだけの実力を持っていた。

しかしながら、その役目は最近では俺専用のベッドに成り果てている。

ハンターギルドをやめた今、リルの歯牙も錆び付く一方だ。

俺ができることといえば、相棒の鼻の頭を撫でて、無聊《ぶりょう》を慰《なぐさ》めてやることぐらいだろう。

「ちょっと何をしてるのよ、ゼレット！」

声と同時に飛んできたのは、フライパンだった。

俺はブーメランのように飛んできたフライパンの縁《へり》に指をかけると、器用に回してキャッチする。

「いきなり人に向かってフライパンを投げるなよ。フライパンは、お玉で叩くのが鉄則だろ」

振り返ると、金髪のエルフが立っていた。

ポニーテールにした髪を青いリボンで結び、緑色の瞳は今憤然と俺を睨んでいる。

体格は小柄で、小さな顔にはまだあどけなさが残っていた。

エルフの少女は手を腰に当て、一度ふんと鼻息を荒く吐き出す。

「扉が壊されてるって気付いて、飛び込んでみれば、あんたたち朝っぱらから何をやってるのよ。あとフライパンはお玉で叩くものではなくて、立派な調理器具よ」

「人に投げた張本人が何を言ってるんだ、パメラ」

「う、うるさいわね！　うちはそういう店じゃないんだから。服を着て！　早く!!」

パメラは俺の望み通り、フライパンを叩く。甲高い音は起きたての頭にカンカンと響いた。

「服？　下なら穿《は》いてるぞ？」

「あんたのことはいいのよ！　プリムさんのほうよ」

プリム？　そう言えば、ずっと裸のままで俺にしがみついているんだったな。

弟子の奇行はいつものことなので、気付かなかった。

「吠えるなよ、パメラ。この馬鹿弟子を女と思ったことは、一度もない」

「そういうことを言ってるんじゃないの！　てか、何げにプリムさんに失礼でしょ！　もう!!」

バルーンフィッシュみたいに頬を膨らまし、頭からピョンと生えたアホ毛を、ファランクスの槍のように動かすこのエルフは、宿屋『エストローナ』の若き大家にして、俺の幼馴染み――パメラ・エストローナである。

両親が魔物の被害に遭い、この宿屋を十五歳にして引き継いだ幼馴染みは、いつもこんな感じで俺に対してツンツンと怒鳴り散らしてばかりいる。

ここには俺の他にも、元同業者をはじめ何人か泊まっているが、何故か俺だけが標的にされていた。

幼馴染みとはいえ、一応客なんだから、もう少しマイルドな接客を求めたいところだ。

「と、とにかく！　顔を洗って、食堂におりてきて――――って、どうしたの、リル？」

突然、リルがスッと立ち上がった。

頻《しき》りに耳を動かしている。

俺も気配に気付き、思わず溜息を吐いた。

やれやれ……。現役のハンターは一体何をしているんだ？

「ゼレット……。リルの様子が変よ」

「わかっている。それよりもパメラ、銀貨を持っていないか？　一枚でいい」

「いいけど？　すぐに返してよね」

「ああ……。まあ、依頼料としては破格だがな」

「…………？」

パメラは怪訝な表情を浮かべながら、エプロンのポケットから銀貨を差し出した。

俺はおもむろに立ち上がる。一枚の銀貨を手の平で弄《もてあそ》びながら、窓の外に視線を移した。

「ちょ……。ゼレットまでどうしたのよ。朝食は？」

「パメラ、お前は宿の中にいろよ」

「え？」

俺はリルとともに一階に降り、宿の外に出る。

エストローナの前の通りは、いつも通りの日常風景が流れていた。

俺は空を仰ぐ。吸い込まれそうな青が視界いっぱいに広がっていた。

空には一つの雲が浮かんでいる。

その雲が突如転進した。

「やはり来るか……」

直後、木の板同士を叩いたような奇妙な音が降ってきた。

白い雲のような影が、俺の住む街に近づいてくると、その音は次第に大きくなっていく。

『シャアアアアア!!』

突然牙を剥いたのは、スカイサーモンだった。

強い魔力を帯びることによって、海から空へと生活の拠点を移した魔物である。

大きさこそ普通の鮭より一回り大きいという程度。しかし人の腕を骨ごと容易に噛み切る咬合力《こうごう》は脅威そのもので、百匹ないし、千匹以上の大群を形成して、一定の時期になると街に飛来する。

見た目とサイズ以上に、恐ろしい魔物だ。

「きゃあああぁ！」

「なんだ、あれ!?」

「魔物よ！」

「衛兵は？　いや、ハンターを呼べ!!」

街の住人も魔物に気付いたようだ。

あちこちから悲鳴が上がり、皆が建物の中へと逃げ込む。

最中、逃げ遅れた子どもがわんわんと道ばたで立ち止まり、泣いていた。

その子どもの前に立ったのは、宿から出てきた俺だ。

黙って、親指の先に載せた銀貨を空に向けて構える。

真っ直ぐ腕を伸ばし、銀貨とスカイサーモンが重なるように照準を合わせた。

『シャアアアアアア!!』

スカイサーモンは気が立っていた。おそらく産卵時期が近いのだろう。

魔物だって生き物だ。子孫を残すための定期的な産卵は欠かせない。

生まれてくる子どものために、魔力という栄養を求めて母親たちは群れをなして街を襲う。

スカイサーモンの産卵期に備えて、街はハンターを雇い警戒するのだが、逃した群れがいたようだ。

「ゼレット！　あんた、何をしてるのよ」

宿の中からパメラが叫ぶ。

「スカイサーモンを討つ」

「ゼレットはもうハンターじゃないでしょ？　それに銀貨一枚でどうするのよ？」

法律上、魔物を勝手に討伐することは禁止されている。以前、魔導具を作る材料を取るため魔物が乱獲されたことで問題になり、ハンターギルドや国に許可が必要になったのだ。

「正当防衛だ……。それに――――」


Cランクの魔物《ざこ》ぐらいなら、銀貨一枚でも高い……。

スカイサーモンの鋭い嘶《いなな》きが聞こえる。

その距離は至近――。グロテスクな口内がはっきりと見えた。

俺は銀貨に魔力を込める。ピリッと稲妻がスパークした瞬間、青い光が手に宿った。

「終わりだ」

銀貨を弾いた。

高速――――いや、それほどではない。

指で弾かれ、クルクルと銀貨は回る。

空から群れで襲いかかってくるスカイサーモンに比べれば、眠たくなるようなスピードだった。

それでも銀貨はスカイサーモンに向かっていく。

大軍の兵士に、銀の鎧を着た騎士が突撃していく姿を想起させた。

瞬間、スカイサーモンの狭い額にピタリと銀貨が貼り付く。

ビリリリリリリリリッッッッッッ!!

光が弾ける。

雷精の光がまるで魚を捕まえる手打ち網のように広がっていった。

雲から落ちてくるはずの雷が、千匹ものスカイサーモンを伝って空へと駆け上がる。

すべてのスカイサーモンを余すことなく、雷撃の檻《おり》に捕らえた。

「すごい……」

『エストローナ』の入口で事の顛末《てんまつ》を見ていたパメラは、呆然と呟く。

逃げ惑っていた街の住民たちも、空から落ちてくる大量のスカイサーモンを見て、おののいていた。

一匹、また一匹と落下してくるスカイサーモンは、すべて死んでいる。

時々痙攣《けいれん》しては、目を剥いていた。

「こんなものか」

ふぅ、と溜息を吐く。

直後、街の市民たちは沸き上がった。遅れてハンターたちも駆けつける。

「誰だ、やったのは?」

「ゼレットだよ!」

「S級ハンターの?」

「やめたんだろ、ハンター」

「もったいないなあ。あんなに強いのに」

そう。俺はハンターをやめた。

パメラを含めて周りはもったいないと残念がるが、俺に後悔はない。ハンターをやめても、こうして街を守る事はできるし、俺がやめたからといって、何か生活に支障を来すようなことはない。

Sランクの魔物の討伐許可が下りなければ、ハンターでいる必要もないしな。

「ゼレット……」

ふらり、とパメラが宿屋『エストローナ』から出てくる。

慰めの言葉でもかけてくれるのかと思ったが、幼馴染みの反応は俺の予想から外れていた。

道ばたに落ちていたスカイサーモンを拾い上げるなり、喉を鳴らしたのだ。

「ねぇ、ゼレット……。これ、スカイサーモンっていう魔物よね?」

「ああ……」

すると、パメラはニヤリと笑った。

「スカイサーモン、食べてみない?」

はっ？？　スカイサーモンは魔物だぞ……。

俺がツッコむ間もなく、パメラはスカイサーモンを抱きかかえ、『エストローナ』に戻っていく。

厨房まで付いていくと、おもむろにパメラは包丁を持ち出した。

「本当に食うのか、お前？」

「いいから。いいから。ゼレットは黙って見てて」

見ててと言われてもな。

そもそもパメラ、お前……魔物の解体経験なんてあるのか？

持ってる包丁が飛んできたりしないよな。

俺は少しパメラから距離を取る。

「ちょーしょく♪　ちょーしょく♪」

プリムがひょっこりと厨房に顔を出した。

赤耳族《あかみみぞく》の馬鹿弟子は、師匠が戦っている最中も、俺の部屋でずっと寝ていたらしい。

口元にはくっきりと涎の跡が付いていた。

「パメラがスカイサーモンを食べるんだと。魔物だぞ。食べられると思うか？」

俺が肩を竦める横で、プリムはクンクンと鼻を動かす。

「うーん。でも、ししょー。とってもおいしそうな匂いがするよ」

何？？

俺がプリムと話している横で、パメラの作業は始まっていた。

スカイサーモンの身体の周りには硬く、軽石でできたような鱗がある。空を飛ぶ際にはこの鱗を激しく開閉させて、浮力を得ていると考えられていた。

パメラはその鱗を一枚ずつ、包丁を入れて剥いでいく。

大きなパズルピースを思わせる鱗の数は、魚よりも格段に少なく、意外と剥がしやすい。

すべてを取り切ると、薄い紫色をした身が露わになった。

「鮮度は良さそうね。さっき捕ったばかりだから当たり前なんだけど」

パメラは実に楽しそうに調理をしている。

目の前にあるのが、パメラの細腕なら容易く噛み切ることができる凶悪な魔物だというのにだ。

鱗を取り除いてしまえば、あとは魚をおろす要領と同じだ。

宿屋で長年腕を振るうパメラからすれば、魚をおろすなど造作もないことだろう。

あっという間に、スカイサーモンを切り身に捌《さば》いてしまう。

その切り身を網で焼き始めた途端、香ばしい匂いが俺の鼻をくすぐった。

焼くことによって色目が変わり、ほんのりと赤い桃色へと変化する。

網からこぼれるほど脂が乗っていて、パチッと鋭い音を立てていた。

「できたわ。網焼きスカイサーモンの切り身の完成よ」

料理を盛りつけた皿をテーブルに載せる。

「ごくり……」

思わず俺は唾を呑んだ。

テーブルの上にあるのは、たった今討伐したばかりのスカイサーモン。

なのに香ばしい香りと、焼きたてを示すおいしそうな音は空きっ腹を強く突き上げる。

ほんのりと薄い紅色の身には脂が光り、手を振って俺を誘《いざな》っているようだった。

断っておくが、俺はさして食に執着があるわけではない。

毎日味気ない干し肉でもいいと思ってるぐらいだ。

その俺の食指が、敏感に反応していた。

今目の前にあるスカイサーモンの切り身にである。

「食べられるのか?」

「まあまあ、騙《だま》されたと思って食べてみてよ」

訳知り顔のままパメラは、猫のように笑う。

騙されて、本当に死んだらどうするのだ。

「いただきます……ハムハムハムハムハムムムムム……ごちそうさま!」

横のプリムがあっという間に完食してしまった。

俺がまだ一度も口をつけないうちにである。

というか、師匠より遅く起きて、師匠より早く食べ終わる弟子がどこにいるのだ。

『ワァウ!』

半ば弟子に呆《あき》れていると、リルが道ばたに落ちていたスカイサーモンを咥《くわ》えて戻ってくる。

リルの皿はすでに空になっていた。よっぽどうまかったらしい。

食べていないのは、俺だけか……。

別に追い詰められたからというわけではない。

食べないという選択肢は十分あったのだが、俺の箸は動き始めた。

鮭の切り身と同様に、身を箸でほぐすと、白い湯気が立ち上る。

中まで火が通っているらしく、綺麗な薄紅色になっていた。

「ままよ」

勢いよく口の中に放り込むと、最初の一噛みで気付く。

スカイサーモンの身が、驚くほどふっくらとして柔らかかったのだ。

もっとパサパサしているイメージだったが、そんなことはまるでない。

パメラが焼く前に酒を少量かけたことも起因しているだろう。

それでも普通の鮭と比べても柔らかい。

噛むと、毛糸の玉を解くように身がほどけ、風味が口内に充満していく。

身にたっぷり乗っていた脂も、こってりとしているわけでもなく、むしろあっさりとして身体に染み渡っていった。

「どう？　おいしい？」

「悔しいが………うまい」

「そう。じゃあ、今度はこれを食べてみて」

パメラがテーブルに載せたのは、茶漬けだった。

柔らかめに炊いた茶色の麦飯が、海藻《かいそう》や椎茸《しいたけ》から取った出汁に浸かっている。

その上で紅色に輝いていたのは、手でほぐされたスカイサーモンの身だ。

ちょうど飯類が欲しかったところに、茶漬けである。

俺の手は自然に伸びていった。

上に載っている鮭を出汁に浸け、麦飯と一緒に掻き込んだ。

「うっっっっまっっっ！」

思わず膝を叩きたくなる。

風味豊かな出汁と、スカイサーモンの塩気が見事に調和していた。

スカイサーモンの塩気が染みこんだ出汁と一緒にいただく麦飯は最高の一言で、サラサラと口の中に掻き込んでいける。

食べてよし。出汁と一緒に飲み込んでもよし。

茶漬けの醍醐味ではあるが、これほどの満足感をもたらしてくれるのは、スカイサーモンの身の柔らかさと、雑味のないダイレクトな塩っぱさのおかげだろう。

「岩塩の味だな」

スカイサーモンは産卵期以外の日中は、海ではなく浅い川辺にいることが多い。

諸説はあるが、空を飛ぶために身体を軽くしたら、浮力の影響で海に潜れなくなったらしい。

川辺にいるのは、いわば海が恋しいという裏返しで、岩塩を舐めるのもそのためだと説く学者も少なからず存在する。

「さすが詳しいわね、ゼレット」

「魔物のことは隅から隅まで調べるのが、俺の流儀だからな。それがCランクの魔物であろうとな」

「感心、感心。でも、魔物が食べられるってことは知らなかったでしょ」

それはそうだろう。

昔から魔物は食材に向かないと言われてきた。

子どもの頃に、試しに食べてみたことがあったが、不味いということしか覚えていない。

しかし、このスカイサーモンは違う。絶品だ。

香り、食感、そして味。高級鮭でも出せないような上品な味をしている。

カルチャーショックとでも言うのだろうか。

しばらく俺は箸を置くことができなかった。

「ところで、ゼレット。仕事は決まった？　ほら、あの紹介した護衛ギルドはどうだったの？」

「あそこはダメだ」

話題を転じたパメラに対し、俺は椀と箸を置いて手を振った。

「Sランクの魔物が、護衛対象に近づいてきたら撃退してもいいのか、と面接で聞いたんだ。そしたら、ヤツらはなんて答えたと思う」

「なんて言ったの？」

「『護衛対象をそんな危険な場所に近づけないように腐心《ふしん》するのが、我々の役目だ』だと……。端《はな》から、Sランクの魔物と相手するつもりはないらしい。だから、こっちから断ってやった」

――というのは、嘘だ。

本当はその護衛ギルドで、俺の再就職は決まる予定だった。

要人護衛の仕事ならば、今まで培《つちか》ったスキルを生かせるし、Sランクの魔物と相対する確率もゼロというわけではない。

しかし、契約締結の直前で先方から断りの連絡が入ったのだ。

はっきりした理由は教えてくれなかったが、それとなく圧力がかかったことを臭わせていた。

おそらくハンターギルドか、その上のパトロンが護衛ギルドに圧力をかけたのだろう。

護衛ギルドとハンターギルドは、割と近い関係にある。

前者が後者に協力を要請することもあれば、後者が仕事の斡旋を頼むこともある。

別のギルドではあるが、裏では繋がっているのだ。

そんなごちゃごちゃした理由を、折角紹介してくれたパメラに話す気にはなれず、俺は嘘をつくことにした。

「もう！　折角、『エストローナ』の人脈を使って探してあげたのに」

宿屋『エストローナ《うち》』は、業界人の中では有名な宿だ。

ここから様々な職種の人間が大成していったという曰《いわ》くがある。

連綿と受け継がれた人脈は今も生きていて、今それを引き継いでいるのが、パメラなのだ。

「まあ、そんなところだろうと思った。じゃあ、ゼレット。あなた――」

料理ギルドに興味ない？


一瞬ポカンとしてしまった。

さぞかし俺の顔は、パメラからすれば間抜けに見えたことだろう。

俺が料理ギルド？

ハンターから料理人に転職しろってことか？

自慢ではないが、生まれてこの方、まともに料理などしたことがない。

動物の解体は師匠に教えてもらったが、「焼く」「煮る」以外の調理はしてこなかった。

俺が料理できないことは、パメラも重々承知しているはずである。

そう言えば、パメラも料理ギルドに所属しているんだったな。

一体、何を考えているんだ？

「料理ギルドって言っても、ただ単に料理人が集まっているところじゃないのよ」

パメラが言うには、料理ギルドには大きく分けて四つの人間がいるらしい。

一つ目は料理人だ。

大衆食堂の料理人から、貴族のみを相手するような高級料理店のシェフまで、料理ギルドに属している。ギルドには仕事以外にも、食材などの情報も入るからだと、パメラは補足した。

宿屋の主人であるパメラが、料理ギルドに登録しているのもそのためだ。

二つ目は食材提供者である。

これは農家、畜産農家、漁師、猟師など、食材を提供してくれる人間たちを総合した呼称らしい。

実は農家には農業ギルド、漁師には漁師ギルドがあるが、たいていの人間が料理ギルドと兼務しているという話だった。

三つ目の仲買人は、食材の価値を決める人間だ。

料理人がいる店舗と食材提供者の間に入って、食材の価値を決める。中には直接取り引きする料理人もいるそうだが、生産者が作った大切な食材に価値を決める仕事ゆえに、何よりも信頼が求められる職業である。

四つ目は味見役。

ほとんどお目にかからない特殊な人間で、今まで食べたことがない食材に毒がないかを確認する。

初めて食べる食材に対する勇気と、鉄の胃袋が必須の職業だ。

以上が、料理ギルドの構成である。

そしてパメラが俺に薦《すす》めたのは——。

「勿論、食材提供者よ」

パメラはエルフ特有の緑眼を閃かせた。

「ゼレットは知らないかもしれないけど、今料理界には革命が起きているの」

「革命?」

「魔物食よ」

「魔物を食材にするのか？」

俺は先ほど食べたスカイサーモンを思い出し、皿の上にかすかにこびり付く脂の痕を見つめた。

「そう。最近になって魔物を食材とする見直しが始まっているの。それで最近、魔物を食材として提供してくれる人を、料理ギルドが募集してるのよ。ゼレットにぴったりと思わない？」

「ふーん……。気が乗らんな」

俺は背もたれに寄りかかり、墨色《すみいろ》がかった天井を仰ぐ。

百歩譲って、大手を振って魔物を討伐できるのはいい。しかし、これまで害獣として排除してきた魔物を、今度は食材として提供しろと言われてもどこか釈然としない。

そもそも魔物を討伐することを生き甲斐にするなら、ハンターギルドに残っていても問題がなかったわけだし、そもそも俺は――――。

「場合によっては、Sランクの魔物を討伐できるかもしれないわよ」

「何？？」

俺は思わず椅子を蹴って立ち上がった。

獲物がかかった、とばかりにパメラの口角が上がる。

「料理ギルドにも、ハンターギルドと同様にパトロン――――つまり貴族が後ろ盾になっているわ。それも、あんたが嫌いな魔物保護団体の息がかかっていない貴族がね」

「待て。Sランクの魔物を討伐してはいけないんじゃ」

「それって、ハンターギルドが決めたことでしょ。魔物保護法案が王国議会で通らない限り、ハンターギルド以外のギルドなら討伐しても、問題ないはずよ」

ぴくりとリルが耳を逆立て、口を開けたまま固まった俺を見た。

馬鹿弟子は相変わらず馬鹿弟子で、どこからか迷い込んだ蝶と戯《たわむ》れている。

そして俺はパメラの手を握っていた。強くだ。

「ちょっと！　ゼレット、痛い！」

「やる！」

「え？」


パメラ、俺に料理ギルドを紹介してくれ。


善は急げという。

一先ず俺は話を聞くために、料理ギルドに向かった。

皿にお玉と包丁がクロスした木の看板を目指す。そこが料理ギルドだ。

「実は、もうギルドマスターには話を通してあるの。あとは手続きだけよ」

「お前、最初から俺を料理ギルドに引き込むつもりだったな」

スカイサーモンは、そのきっかけに使われたわけだ。

「別に最初からじゃないわ。あんたを護衛ギルドに紹介した後に、ギルドマスターにゼレットの話をしたら、『護衛ギルドに落ちたら、うちにいらっしゃい』って言われてただけよ」

パメラは猫のように笑う。

頭からピンと伸びたアホ毛は、らんらんと横に振れていた。

「仕事が見つかって良かったね、ししょー！　無職脱出だ!!」

プリムはナチュラルに俺に引っ付き、張りのある胸を押し当てた。

喜んでくれるのはいい。胸を押しつけてくるのもいつものことだ。ただ一言多いぞ、馬鹿弟子。

とはいえ、宿で消えていく貯金を黙って見ているよりはずっといい。

「それよりもゼレット、もっとましな恰好はなかったの？」

パメラは俺の身体をすっぽりと覆う黒いコートを指差し、不満を漏らす。

一見簡素に見えるが、このコートは特殊な繊維で編まれていて、全属性に耐性を持ち、耐突、耐斬など防御力も高い。しかも軽いというおまけつきだ。

個人的には、この襟《えり》が高く、ピンと立つところが渋くて気に入っている。

手に嵌《は》めた指ぬきグローブと合わせ、今日も完璧に決まっていた。

「これはお洒落だ」

「その暑苦しい恰好が？」

「暑いと思うなら、こっちを向くな。俺も別に幼馴染みの熱烈な視線など望んでいない」

どうやらパメラにはこの渋さがわからんらしい。

俺たちは料理ギルドの看板を発見する。

側の工事現場でせっせと作業員たちが、土を掻きだしているのを見ながら、ギルドの扉を押した。

中は、ハンターギルドとそう変わらない。

受付があって、待合室があって、その後ろでは職員が働いている。奥にある金庫の位置も一緒だ。

おそらくあそこに、預かっている依頼料が保管されているのだろう。

違うところをあげるなら展示物だろうか。硝子ケースの中には大小様々な調理器具が並んでいる。

これがハンターギルドになると、魔物の剥製《はくせい》に変わったりするのだ。

それに客層もハンターギルドと違って、バラエティ豊かだった。

特に気になるのが匂いだ。

魚の匂いをさせた漁師の隣で、お菓子の甘い匂いをさせた料理人が汗を拭いている。

取れたてと思われる果物の箱を並べた農家のおばちゃんたちが、大声で談笑していた。

そして、異質な空気を纏《まと》う男が一人。

そいつからは血の匂いがした。おそらく魔物の匂いだろう。

体格からして元ハンターか。ひどくイライラした様子で、頻《しき》りに靴底で床を叩いている。

「やな感じ……。ああいう風に、貧乏揺すりする人を見ると、こっちまでイライラしちゃうのよね」

パメラは待合室にいる元ハンターを見て、眉間に皺を寄せた。

「パメラにはあれが、貧乏揺すりに見えるのか？」

「え？」

「なんでもない。……しかし、随分と賑やかだな」

「そう？　いつもこんなものよ。でも、今日はちょっと人が多いわね。最近、料理ギルドが魔物討伐のできる人間を募集してるって聞いて、元ハンターが押しかけてきているのかも？」

パメラは俺のほうを見て、挑発的に笑う。どうやら、ライバルは意外と多そうだ。

しばらく待っていると、受付に呼ばれた。

「オリヴィアさん、こんにちは」

「あら、パメラさんじゃないですか。ん？　もしかして、後ろにいるのは、彼氏さんですか？」

名札にオリヴィアと名前が刻まれた受付嬢は、ニヤリと笑う。どうやらパメラの知り合いらしい。

「ち、ちがいます～。こ、この前話したじゃないですか。私の幼馴染みの……」

「そんなに顔を赤くしないでくださいよ、パメラさん。少しからかってみただけですから」

「オリヴィアさ～～ん！」

パメラは耳まで赤くしながら、カウンター越しにオリヴィアに抱きつく。

そのオリヴィアという受付嬢は、透き通った水色の瞳を俺に向ける。

珍しい青い髪。夏の砂浜を思わせるような白い肌。

手足は細くと説明すれば、絶世の美人を想起するかもしれないが、現実とはかくも残酷である。

何故なら、目の前の少女は蜜柑《みかん》を入れる木箱の上に立たないと、カウンターから顔も出せないほど、背丈が低かったからだ。

「なんだ？　このちっこいのは？　料理ギルドは小人族《ホビット》を受付嬢にするのか？　どう考えても、適材

適所とは思えないのだが……。羞恥《しゅうち》プレイにしてはマニアックだし、あんたも転職したほうが――」

「ち、ちーがーいーまーす！　オリヴィアは小人族《ホビット》じゃありません。歴《れっき》とした人族です。祖母が人魚族なので、ちょっと人魚族の血が混じってますけど」

「ああ……。なるほど。小人族《ホビット》の呪いがかかった人間か」

「なんで頑なに小人族《ホビット》にするんですか！　いや、わたしも時々なんかの呪いかなって思ったりして、落ち込んだりしますけど！　今は立派な自分のアイデンティティだと思ってるんですから!!」

オリヴィアは突如見慣れない人間が家に入ってきて興奮する猫みたいに叫ぶ。

なかなか頑固だ。折角、小人族《ホビット》の呪いが解ける方法があるというのに。

まさかその運命を受け入れるとは……。

「もう……。パメラさんの彼氏さんは、ちょっと変わってますね。なんか凄い分厚いコートとか着てるし。季節は初夏ですけど結構暑いですよ、今日」

「ごめんなさい。前者はともかくとして、後者に関しては否定できないわ」

幼馴染みとして、そこはどっちも否定するところだろう。

やれやれ……、このお洒落がわからないとは。これでギルドの受付嬢とは、聞いて呆れる。

「ゼレット・ヴィンターさんですよね。お話は伺ってます。改めましてこんにちは。オリヴィア・ポックランと申します。料理ギルドの受付嬢をしております」

オリヴィアは頭を下げた。

「ゼレットだ。料理ギルドに登録しにきた。よろしく頼む」

「じゃあ早速ですが、試験を受けていただきますね」

そう言うとオリヴィアは、カウンターの上に大きな木の実を載せた。

おそらくグバガラの種実だ。

魔樹《まじゅ》の一種で、成熟すると城の尖塔よりも高く、大きく育つ。他にも魔物をおびき寄せる匂いを発して虜《とりこ》にし、餓死させるまで魔物の魔力を吸い上げるなど、特性は恐ろしいものばかりだ。

人間ではその匂いを判別できないが、グバガラの周りには強力な魔物が出現するため、ハンターギルドの教則によれば、獲物がいる場合以外、迂回推奨《すいしょう》と書かれている。

「試験？　ギルマスには話を通してあったんじゃないのか？」

「そのはずなんだけど……」

俺とパメラは小さな受付嬢のほうに顔を向けた。

そのオリヴィアは少し胸を張りつつ、軽く咳払いをする。

「パメラさんを疑っているわけじゃありませんよ。ですが、力量を確認せず登録するのは、管理者として無責任な行為になりますので。真贋《しんがん》を誤って依頼を出せば、ギルドの責任問題にもなりますし。紹介してもらったパメラさんを、悲しませるわけにもいきませんから」

「そんなことをしている場合じゃないと思うがな」

俺はため息を吐き、下を向いた。どうやらオリヴィアも、他の従業員も、今このギルドに起こっている事態を把握していないようだな。

「あれれ？　もしかして自信がないんですか？」

オリヴィアは少し挑発的に鼻を鳴らす。

先ほど、身長をいじった件についての意趣返しのつもりか。

どうやら受付嬢は背丈だけではなく、心も小さいようだ。

「いいだろう。――――で？　試験とこのグバガラの種が、どう関係するんだ？」

「簡単です。この種に魔力を通して、芽を出させてください」

「芽？」

「ご存じと思いますが、グバガラの実は魔力を吸って大きくなります。その性質を利用して、この実から芽を出させてください。ただしある一定以上の魔力がなければ芽は出ません。これが料理ギルドの試験です」

「グバガラの実に魔力を注いで芽を出させるって、めちゃくちゃ大変なんじゃないの？」

何故か、当事者ではなく、パメラが頭を抱えた。その反応を見たオリヴィアは微笑む。

「文献によれば小型の魔物でも百匹以上、大型でも二十四ほどの魔力が必要とされているそうです」

「試験のハードルが高すぎでしょ！」

「実はここのところ採用希望者が急激に増えてしまって。これぐらいハードルを上げないと、他の職業とのバランスが取れないんですよ」

なるほど。食材提供者が増えても、肝心の料理人や仲買人がいなければ食材は捌《さば》けないし、市場《しじょう》の需要にも関わってくる。そのための狭き門というわけだ。

「いいだろう」

「試験を受けるの、ゼレット？」

「料理ギルドの試験だから、料理でも振る舞えとでも言われるのかと思ったが、これなら問題はないだろう。ところで、オリヴィア」

「ちびっこ《ちびっこ》って言わないでください！　わたしの名前はオリヴィアですぅ!!」

「試験はこの場でやるのか？」

「この場でなければ、どこでやるんですか？」

「そうか。いや、何……。この実が成熟したら、ギルドの屋根に穴が開くなと思っただけだ」

俺は天井を見上げる。

オリヴィアもまた天井を仰ぎ、ピクピクと口端を引きつらせた。

「そんなことを言って、外に持ち出そうとしてもダメです。これ、結構高価なんですからね。でも、本当にゼレットさんの言うようなことになったら、わたしの給料で直しますから安心してください」

「そうか。わかった。……なら安心した」

「え？」

戸惑うオリヴィアをよそに、俺はグバガラの実に手を置く。

そして一気に全身の魔力を増大させた。

別に芽を出す程度でもいいのだが、ちびっこに舐められているような気もする。

所詮S級ハンターというのは、ハンターギルドが定めた階級。

ギルドが変われば、扱いも変わるのは必然か。

ならば、早くSランクの魔物を狩るためにも、ここは俺の実力を見せておく必要がある。

……まあ、片鱗程度だがな。

身体の中の魔力を急速に循環させていくと、グバガラの実と一体になっていく感覚を捉えた。

手に光が宿り、膨張していく。途端室内が白金に染まっていった。

「ちょ、ちょ！　どういうことですか!!」

「ゼレット！　これ！　大丈夫なの？？？」

「わはははは！　ししょー、すごーい！」

周囲から驚きや戸惑い、あるいは抗議じみた声が聞こえる。

俺の魔力はさらにグバガラの実の中で暴れた。

実から新芽が次々と出てきたが、成長は止まらない。

天から引っ張り上げられるかのように、芽が急速に伸びていった。太い幹は縦に加えて横にも広がり、根は板張りを突き破って、ギルドの床下にまで根を下ろしていく。

カウンター回りはすっかり根に支配され、幹は天井に向かって突き進んでいった。

ドンッ!!　と音が鳴る。

「え？　今のなんの音？」

「まさか!?　本当に天井を？」

「にゃっはっはっはっ！」

料理ギルドの中は、もはやカオスだ。

やがて光は止み、次第にギルドの惨状が浮かび上がる。

木の根が料理ギルドのあちこちに張り巡らされ、枝から葉が生い茂っていた。

まるで大きな木の洞《ほら》にでも包まれたかのように、先ほどまで役所然とした光景が一変している。

絵本にでも出てきそうなメルヘンチックな光景ではあったが、大惨事であることは間違いあるまい。

「ぎゃあああああああ!!」

オリヴィアは、その小さな身体から漏らしたとは思えないほどの絶叫を上げる。

水色の髪をくしゃくしゃにして、涙を浮かべていた。

一方で呆然とする人間と天を仰いでいる者たちがいる。

パメラもその一人だ。

「すごい……。ちょっと綺麗かも」

「にゃっは～～。絶景かな絶景かな」

プリムも手をひさしにして、その光景を見つめる。

オリヴィアも、最初こそ突き破った天井を見て、「私の給料が……」と半泣きになっていたが、その先にあるグバガラの葉の色に気付き、息を飲んだ。

「緑と、赤……」

グバガラの葉の色には二つの種類があった。

青葉のような緑に、紅葉の赤。

まるで春と秋が一緒くたになった光景に、一同は言葉を失う。

そして、オリヴィアは恐る恐る尋ねる。

「グバガラは吸った魔力性質によって、葉の色が変わりますが……。まさかゼレットさん、あなたは二つの属性の『ルーン』を持っているんじゃないですか？」

ルーンとはつまり魔法《まほう》だ。

そして『魔法《ルーン》』にはいくつかの属性が存在する。

代表的なのが『火』『水』『風』『土』『雷』『金』『闇』『光』といったところだろう。

そして『魔法《ルーン》』を使える者は、この内の一つしか使えないと、オールドブルの神が俺たち人間を作る時に決めたと言われている。

しかし、何にでも例外というものは存在する。それが神の仕掛けたものであるとしてもだ。

俺が持っている属性は二つ。即ち『火』と『雷』だ。

グバガラは吸った魔力の属性によって、葉の色を変える。

火属性は赤。雷属性は緑という風に、色に現れるのだ。

恐らく料理ギルドが試験としてグバガラの実を選んだのは、魔力の大きさとどの属性を持っているかを測るためだろう。

「噂には聞いていましたが、初めてお目にかかりました。『魔法《ルーン》』の属性を二つ持つ方なんて」

オリヴィアは口を開けたまま感心する。

直後、屋根の部材が目の前に落ちてきた。心なしかギルド内が明るく、風通しのいいように感じるのは、決して気のせいなどではないはずだ。

ギルドの惨状を改めて認識したオリヴィアは涙目で訴えた。

「で……ですが、やりすぎです。ギルドの中がぐちゃぐちゃになっちゃったじゃないですか？」

「俺は警告したぞ。この場でやるのか、とな。天井に穴が開くことも言った」

「う……。で、でも――」

「むしろ感謝されてもいいはずだ。料理ギルドの金庫を狙った賊を捕まえてやったんだからな」

「え？　どういうことですか？」

「これを見ろ……」

俺が示した場所は、グバガラの根が床を突き破ってできた大穴だった。

穴を覗き込むと、グバガラの根に正体不明の男たちが絡まっている。

如何にも荒事担当といった男たちの手には、鍬《くわ》や鶴嘴《つるはし》が握られていた。

「な、何なの？　この人たち？？」

「恐らく金庫の中身を狙った強盗だろう」

「ご、強盗？？」

パメラは素っ頓狂な声を響かせる。

数人がかりで穴を掘り、金庫に近づく。

『土属性』の『魔法《ルーン》』があれば、物の数分といったところだろう。

硬い金属に覆われた金庫を『火属性』の『魔法《ルーン》』でゆっくり溶かし、穴を開けるといった寸法だ。

古くさいが、この方法なら無音で確実に金庫の中に侵入できる。

「でも、いくら地中だからって、掘る音が聞こえるんじゃない？」

「それに金庫の中に人がいたりしたら、すぐに犯行がバレちゃいますよ」

「それはない。こいつらの仲間が、逐一《ちくいち》ギルド内の情報を伝えていたからな。おそらく『魔法《ルーン》』を使う際にも、何かパフォーマンスをして、注意を引きつけるつもりだったのだろう。たとえば急に怒鳴り散らすとかな」

その時だった。

「うおおおおおおおおおお!!」

突然、ハチャメチャになったギルドに怒声が響き渡った。

同時に悲鳴が上がる。一人の男が先ほど談笑していた婦人に、ナイフを突き付けていた。

「あんたは、さっき貧乏揺すりをしていた――――」

それは待合い室で待っていたハンター崩れだった。

血走った目を俺に向け、刃の腹を婦人の喉元に当てている。

婦人は手を伸ばし「助けて！」と哀願した。

「こ、この人が共犯者!?」

オリヴィアは口元に手を当て、驚く。

「パメラが指摘した貧乏揺すりだが、あれはそういうものじゃない。おそらく符丁《ふちょう》だ。床を叩き、地中にいる耳のいい仲間にギルドの状況を逐一知らせていたんだろ」

「てめぇのせいでオレたちの計画が水の泡だ！　どう責任とってくれるんだ!!　ええ!?」

ナイフを手から離さず、男は胴間声《どうま》を上げた。

しかし、俺の態度がその程度の脅しで変わるわけがない。

やれやれと首を振った直後、男に優しく忠告した。

「俺のせいじゃない。穴だらけの強盗計画を立てたヤツの責任だ。逆恨みも甚《はなは》だしい」

「何ぃ……？」

「それ以上、罪を重ねるな。今ならまだ縛り首は回避できるぞ」

「うっっせぇ！　捕まってたまるかよ！　豚箱なんて絶対にご免だ！　オレは絶対に逃げおおせてやる‼　来い‼」

男は婦人の手を引っ張る。目的は明確だった。人質を取ったまま連れ去るつもりだ。

「ちょ！　逃げられるわよ、ゼレット」

「やれやれ……。俺は賞金稼《バウンティーハンター》ぎじゃないんだがな」

ハンターはハンターだが、ハンター違いだ。

人間じゃなくて、魔物――それもSランクの魔物を相手にしたいのだが……。

俺はおもむろに歩き出し、男のほうに近づいていった。

「てめぇ！　このババアがどうなってもいいのか？」

男はナイフをさらに婦人の喉元に押し込む。

小さく皮膚を裂いたらしく、赤い血がナイフを伝った。

「やめて！　近づかないでよ！　あたしが殺されてもいいって言うのかい⁉」

婦人が悲鳴を上げるが、そのすべての訴えを無視し、俺はさらに距離を詰めた。

「心配しなくてもお前は殺されない。いや、殺せないんだ。そもそも――」

お前も、仲間だろ？


「「え？」」

パメラとオリヴィアの声が重なる。

その瞬間、動いたのだ――婦人が。

袖の下から携帯用の魔力増幅器《スタッフ》を取り出し、俺へと向けた。

「なんだい、バレてたのかい！」

【炎術槍《ファイアランス》】！

ひどいだみ声で呪唱すると、魔力増幅器《スタッフ》の先から炎が逆巻く。

それも一つではない。三つだ。

もう二つは婦人と一緒に談笑し、俺の真横で様子を窺っていた女たちからだった。

「黒炭になっちまいな‼」

婦人は叫び、魔力増幅器《スタッフ》の先から炎が飛び出す。

――かに見えた。

ポシュッ！　と間抜けな音が、グバガラの樹に囲まれたギルドに響く。

魔力増幅器《スタッフ》から噴き出した三つの炎が、いくらかの距離も飛ばないうちに消えてしまう。

「やれやれ……」

皆が呆然とする中、俺は肩を竦めた。

「ここは成熟したグバガラの樹の根本だ。それぐらいの魔力なら、一瞬で吸い取ってしまうぞ。まさかそんなことも知らずに、『魔法《ルーン》』を起動したのか?」

「ば、バカにしやがって! お前だって、見たところ『魔法使い《ルーンマスター》』だろ!!」

婦人は立派に生い茂った魔樹《まじゅ》を見ながらニヤリと笑い、そして続ける。

「『魔法《ルーン》』が使えなければ、恐るるに足らないわよ! あんた、やっちまいな!!」

俄然《がぜん》勢いづいたのは先ほどの男だ。

料理ギルドに飾ってあった大きな肉切り包丁を握る。大型の鯨でも一刀両断できそうな包丁だ。

男はそれを軽々と持ち上げると、切っ先を俺のほうに向けて構えた。

体格はあっちが上。筋力も上だ。

おまけに武器の扱いにも慣れているらしい。構えがそれなりに堂に入っている。

一応武芸を嚙《かじ》ってますといった感じではある。

すると、男は肉切り包丁を振り回した。

「『戦技《スキル》』――――」

【斬館斬り《ざんかんぎ》】!

瞬間、空気が大きく揺れたように見えた。

直後、ギルドの内壁に大きな亀裂が走る。

幸い怪我人はいなかったようだが、男が放った技のインパクトは十分だった。

「ほう……。『戦技使い《スキルマスター》』か……」

『戦技《スキル》』とは、いわば『魔法《ルーン》』の対極の位置にある奇跡である。

『魔法《ルーン》』が魔力を体外で放出する一方で、『戦技《スキル》』は体内で魔力を練り上げ、発露させる。

つまり魔力によって自己を改造し、己の潜在能力以上の力を引き出すことができるのだ。

そして人間にはどちらかの奇跡しか宿らない。

つまり『魔法使い《ルーンマスター》』か『戦技使い《スキルマスター》』か。

いずれかの奇跡使いにしかなり得ない——それがこの世界の理《ことわり》だった。

『戦技《スキル》』は体内で魔力を消費するため、グバガラの樹の影響を受けない。

本人の魔力が尽きない限りは、使いたい放題だ。

「ゼレットさん！」

オリヴィアの悲鳴じみた声が響き、受付から飛び出そうとする。

だが、それを制したのはパメラだった。

「大丈夫よ、オリヴィア」

「でも、ゼレットさんは『魔法使い《ルーンマスター》』じゃ。今、グバガラの樹のせいで魔力を放出できないんですよね？　どう考えても不利ですよ」

「大丈夫。心配ないわ。ゼレットはS級ハンターだったのよ」

二人が後ろで話す中、男は俺の前に立ちはだかる。

一歩も動かない俺を見て、『戦技使い《スキルマスター》』の男はニヤリと笑った。

「オレの『戦技《スキル》』を見て、逃げ出さないのは見上げた根性だ。それともブルッちまって一歩も動けないのかなあ」

「ふっ――――」

「お前……、今鼻で笑ったろ。何がおかしい！」

「今の『戦技《スキル》』……。握った武器を激しく震動させて、衝撃を増幅させるものだな。つまり、お前の『戦技《スキル》』は『震動の増幅』というわけだ。……なるほど。そうやって音も増幅させて、地中にいる仲間にギルドの様子を伝えていたわけだ」

「ほう。よくわかったな……。お前もバラバラにされたくなかったら――――」

「だが、今の一振りで建物を真っ二つにできていないところを見ると、鍛錬が足りていないな。魔力の練り込みも十分とはいえない」

「貴様‼」

「事実だろ？　お前が手練れの『戦技使い《スキルマスター》』と言うなら、最初から料理ギルドを強硬に襲撃していたはずだ。そのほうがよっぽど楽だし、回りくどくもない。お前は、周りの仲間から自分で思うほど、頼りにされていないのだ」

「ふ、ふざけんな‼　変な黒コートを着やがって！　ぶっ殺――――‼」

ガラン……。

俺の足下に、突如白銀の曲剣が転がった。

黒のコートの中に仕込んでいたそれを、俺はおもむろに拾い上げる。

「剣を……？　ゼレットさんって『魔法使い《ルーンマスター》』じゃ……」

オリヴィアが首を傾げる。

対する『戦技使い《スキルマスター》』にはそれが挑発に見えたらしい。

「てめぇ、俺をどこまで馬鹿にす――――」

肉切り包丁を大きく振り上げ、再び『戦技《スキル》』を使う態勢を取る。

が、その時すでに俺は間合いに飛び込んでいた。

わずかに雷精を帯びながら。

「訂正しろ……」

「はぇ？」

戦技《スキル》――――【陰鋭雷斬《シャドーボルト》】！

勢いそのままに俺は、男の巨体に向かって白銀の曲剣を振り抜いた。

ジャンッ！　と雷が轟いたような音が響く。

その瞬間、斬撃と雷が交互に牙を剥き、男に襲いかかった。

「ギャアアアアアアアアアアアア!!」

悲鳴がギルドを貫く。
勝負あった。
俺は曲剣を隠すようにコートの中に、すぐにしまう。
チンッと鞘に収まった音が響いた後、立っていた男はついに崩れ落ちた。
俺が殺したいのは、魔物であって、人じゃない。
一応半殺し程度に力を抑えておいた。有り難く思え。
あと一つ言っておくことがある。
「変なコートじゃない。これは俺のお洒落《しゃれ》だ……」
俺はやや曲がったコートの襟を正すのだった。

剣と魔法の世界『オールドブル』。
その異名の由来は〝剣〟の力『戦技《スキル》』、〝魔法〟の力『魔法《ルーン》』に分けられるからだ。
この世界に住む生きとし生ける者の中には、どちらかの奇跡が宿る。
しかし、この世には例外というものが存在する。
〝剣〟の力――『戦技《スキル》』。
〝魔法〟の力――『魔法《ルーン》』。

俺はその力を二つ持つ。人はそれを『ダブル』と呼ぶ。

さらに俺は二つの属性を持っているため、『魔法剣士《ダブルマスター》』と言われていた。

『魔法剣士《ダブルマスター》』……。本当に実在していたなんて――あれ？」

憧憬《どうけい》の眼差しで、俺を見つめていたオリヴィアは何かに気付く。

高い襟に隠された俺の耳を指差し、質問した。

「ゼレットさんって、エルフなんですか？　その耳が…………。でも、普通エルフって、パメラさんみたいに金髪碧眼じゃ」

「プライバシーの侵害だな。それも、ギルドの試験のうちか？」

俺は冷たい黒瞳《こくとう》を閃かせる。

すみません、とオリヴィアはしょげると、パメラがフォローした。

「それは訊かないであげて。まあ、色々あったのよ。子どもの頃。……こら。ゼレット、オリヴィアが落ち込んでるでしょ。まだ昔のことを引きずっているなら、髪を伸ばすなり、耳当てをするなりして隠しなさいよ」

「イヤだ。お洒落じゃない」

「もう――――。ごめんね、オリヴィアさん。決して悪いヤツじゃないのよ」

「それは――――あっ！」

オリヴィアは指差す。

ギルドの入口に逃げ出そうとする三人の婦人たちの姿があった。

オリヴィアに見つかると、足早に退散しようとするが、すぐにその足は止まることになる。

玄関の前に、銀毛を逆立てた大狼が、歯牙を見せて威嚇していたからだ。

「な、なんだい？　この狼は？」

「気を付けろよ、お前たち。その狼は俺以上に獰猛《どうもう》だぞ。特に最近、飯の量が少ないと、気が立っているんだ。見たところお前たちは不味そうだが、腹の足しぐらいにはなるだろうよ」

ギルドの玄関に顔を突っ込んだリルは、牙の間から涎を垂らす。

ふん、と鼻から獣臭を吐き出すと、それだけで三人のご婦人方は竦み上がってしまった。

「プリム……」

「ししょー、何？　何？？」

「そのご婦人方を縛り上げろ。丁重にな。あとで衛兵に突き出せば、褒賞金ぐらいは出るはずだ」

「あいあい……」

プリムは怯えるご婦人たちの前に躍り出て、俺の言うとおりに行動した。

すっかり戦意を失い、文字通り大人しくお縄につく。

プリムによって、まるで毛糸玉のようにグルグル巻きにされてしまった。

「できたー、ししょー」

「お前にしては上出来だ」

「やったー！　褒められた！」

プリムは無邪気に喜ぶ。

ゴロゴロと喉を鳴らして、俺の腕にまとわりついた。

「すごい。『戦技使い《スキルマスター》』を含めた四人をあっという間に……。それだけじゃなくて、グバガラを使って地中の強盗を捕まえるなんて」

「それだけじゃないわね～」

やや艶《つや》っぽい声が響く。絶世の美女でも登場するのかと思ったが、ギルドの奥から現れたのは、やたら胸筋の大きなおっさんだった。

派手な紫色の髪に、やたら化粧っ気のある大きな瞳。

俺よりも背が高く、見事な逆三角体型。身体こそ男らしく見えるが、唇には真っ赤な口紅が光り、マスカラを使った睫《まつげ》毛は長く、上に向かって孤を描いている。

「マ、マスター!!」

「こ、こんにちは、ギルさん」

オリヴィアは声を震わせる一方で、パメラは親しげに手を振った。

マスター？　ギル？　もしかしてこいつが料理ギルドのギルドマスターか!?

元料理人？　それとも食材提供者か？

いや、そもそも男なのか？　男……でいいんだよな。

呆気に取られていると、ギルドマスターは俺のほうを向く。

俺の肩に手を置いたと思えば、二の腕、胸、肩甲骨、最後に脹《ふく》ら脛《はぎ》をパシッと両手で叩いた。

「いい足ね～～」

「はっ？」

「ほれぼれしちゃ～う。ゼレットくぅん、だったかしら？」

「あ、ああ……」

Sランクの魔物を前にしても仰け反ることのない俺が、何故か本能的な危険を察して、後ろに一歩下がってしまった。

「見事な手並みねぇ。それになかなかのイ・ケ・メ・ン。ムフフフ」

ギルドマスターは一人で戯《おど》ける。

引き続き呆然としていると、指をチッチッチッと振った。

「……で～も、グバガラの実をここまで成長させたのはな～ぜ？　あなたの腕なら地中にいる強盗たちを捕まえることも難しくなかったと思うけどぉ」

「ヤツらがどこまで掘り進めているのかわからなかったからな。それならグバガラに捜してもらったほうが早いと考えた。ヤツらは地中を掘る時に、必ず何らかの『戦技《スキル》』か『魔法《ルーン》』を使っていたはずだ。グバガラならその魔力に必ず反応して、根を伸ばすだろう――となー」

俺の答えに、ギルドマスターは大げさに拍手を送る。

「すんばらし～い」

「すごい。そこまで考えていたなんて」

説明を聞いて、オリヴィアもまた賛辞を送った。

ギルドマスターは周囲に張った幹や根を見ながら、言葉を続ける。

「結果的にぃ、グバガラの根や幹がギルドに張り巡らされたことによって、強盗たちは退路を失ったのねぇ。壁を破ろうにも、『魔法《ルーン》』は使えない。『戦技使い《スキルマスター》』も倒しちゃった。強盗を捕まえるための檻《おり》に、ゼレットくぅんは魔改造したわけね～」

「ハンティングの基本は、獲物の行動を予測すること、そして獲物の行動を抑止することだ。トドメはその結果でしかない」

俺は説明を付け加える。

ギルドマスターは口端を広げると、再び手を叩いた。

「さすがはS級ハンター……。口もお上手なのね」

「元だ。――――で、俺は試験に合格できたのか？」

「も～ちろん！　おめでとう、ゼレットちゃ～ん。今日から料理ギルドの食材提供者よぉ」

ギルドマスターはその場で会員証に判子を押す。

その会員証を見て、パメラは俺の胸に飛び込んできた。

「やったね、ゼレット！　おめでとう!!」

「当たり前だ」

「もうちょっと喜びなさいよ、ゼレット」

「当然だろう。……パメラが推薦したのだからな」

「ぜ、ゼレット……」

パメラは、ぽわんと頬を赤らめる。

熱くなった頬を手で隠し、ピンと立ったアホ毛をクルクルと回した。

なんだ、その反応は。

落ちたら推薦したパメラの根回しが甘かったのだ、と言いたかっただけなのだが、まあいいか。

「ししょー、おめでとう！　これでやっとご飯が食べられるね？」

「はっ？」

「だって、ここ料理ギルドでしょ？　ご飯、食べるところじゃないの？」

プリムの飛んでもない発言は、みんなにも聞こえたらしい。

ドッと笑いが起こる。

強盗の登場により張り詰めていた空気が、吹き込んだ風と一緒に外へと出て行ってしまった。

馬鹿弟子め……。どうやら職ではなく、食を探しにきたと思っていたらしい。

俺は襟を立てて、顔を隠すしかなかった。

「さ～て、ゼレットくぅん。早速だけどぉ、あなたに依頼《おねがい》したい食材があるのよぉ」

「ほう……」

「すごいじゃない、ゼレット！　いきなり依頼を貰えるなんて」

「どんな依頼だ？　魔物の名前は？」

「なかなか手強い相手よぉ。今のところ、どの食材提供者も受けてくれなくて困ってるのぉ。ゼレットくぅんみたいな元ハンターにも頼んだんだけどぉ、全員断られちゃったのよ～」

ギルドマスターはくねくねと身体を動かし、俺のほうにすり寄る。

そして一枚の紙を俺に見せた。

賞金首を描いたようなビラに、一匹の魔物が描かれている。

三つの首を持つ竜種であった。

「三つ首ワイバーン……。珍しい種類の飛竜ねぇ。ゼレットくぅんにこの三つ首ワイバーンの肉を提供してもらいたいの～」

ギルドマスターは挑戦的な笑みを見せる。

俺は紙を受け取り、描かれた三つ首ワイバーンをしげしげと眺めた。

そして、こほんと咳払いし、喉を整える。

「断る」

…………。

え、えぇぇぇ……。

先ほどまで喝采《かっさい》が送られていたギルド内は、途端に失望と困惑に満たされた。

「ちょ、ちょっとどういうことよ、ゼレット！」

「なんで断っちゃうんですか！　ゼレットさん、食材提供者になるためにギルドに登録したんですよね？　ですよね？」

パメラが金切り声を上げて俺に迫れば、大事なことなので二回訊きましたとばかりに、オリヴィアも詰問する。

「臆《おく》したってことはないわよねぇ」

割れた顎に手を載せ、ギルドマスターは意味深な視線を向けてくる。

その言葉に、俺は鋭く目を光らせ、対抗した。

「そんなわけないだろ。俺の目的はSランクの魔物だ。料理ギルドならば狩ることができると聞いてやってきた。だが、依頼をくれると聞いてみれば、Aランクだ。そんな雑魚に興味はない」

「え、Aランクが雑魚……」

「あ～～ら、頼もしい。でも弱ったわねぇ。依頼主からは早く欲しいってせっつかれているのに……。どうにかならないのぅ、ゼレットくぅん」

ギルドマスターは俺の腕を取ろうとするが、俺はすげなく躱《かわ》した。

新人の華々しいデビューに、周囲の期待も大きかったのだろう。

グバガラの樹に覆われた料理ギルドの建物内の空気が、一気に冷めていく。

「Aランクぐらいなら、俺でなくても探せば誰か一人ぐらいはいるだろう。俺が興味あるのは、Sランクだけだ。ヤツら以外に興味はない。そもそもAランクなんて依頼料が少なすぎて、装備代もでないだろう。こっちとしては大赤字なんだ」

俺は依頼書を手で叩《はた》く。

「60万グラか。Aランクの料金としては悪くない」

ハンターギルドよりは、ずっと良心的な値段だが、俺が動くにはまだ安すぎる。

装備代と消耗品を差し引くと、なんとか手取り1万グラが貰えるかといったところだろう。

庶民からすれば、60万グラは大金かもしれないが、元S級ハンターの俺からすれば、はした金だ。

このお金で、次いつ現れるかわからない魔物が出るまで、生活しなければならない。

その間の武器のメンテもしかりだ。

しかし、Sランクの魔物となれば、この倍額は固い。

その分消耗品の費用も大きくなるが、利ざやは増え、さらに雑魚相手では味わえないスリルを体験できる。コスパとしては断然そっちのほうが得なのだ。

そのSランクの魔物を討伐できると聞いて俺はやってきた。できないなら、ここに用はない。

さっさと帰って、リルにシャンプーでもしてやろう。

「え？　待ってください、ゼレットさん」

帰ろうとした俺の背中に、オリヴィアは声をかける。

すると、ギルドマスターは俺が持っていた依頼書を再び掲げて笑った。

「もう一度、依頼料をよく見たほうがいいわよ、ゼレットくぅん」

何度確認したところで、依頼料が増えるわけでもなし。これ以上、何を確認しろというんだ。

「わ〜〜い。ししょー、この依頼料すごいよ。ゼロが六つもあるよ」

俺の代わりに依頼料を覗き込んだ弟子が騒ぐ。

「何を言ってるんだ、プリム。そもそも指の本数以上の数を――――ん？」

んん？

俺はプリムを押しのけ、もう一度依頼書を見つめる。
一、十、百、千、万、十万………。

ある。

ゼロが六つある。

間違いない。

嘘だろ!!


600万グラ????


「じょ、冗談だろ!! 三つ首ワイバーンに600万グラって頭がおかしいんじゃないのか? 俺が先日討伐したSランクの邪炎竜《じゃえんりゅう》だって、200万グラもしなかったんだぞ」

高級レストランで食べるようなブランド牛だって、一頭当たり400万グラと聞く。

野良の魔物の取引値段が、丹精込めて作り上げた食用牛を上回るなんてあり得ないだろう。

しかも、魔物食はまだマイナーなはず。

これから市場規模が大きくなっていけば、一体どれぐらいの値段で取引されることになるんだ?

「俺を騙そうとしても無駄だ! いくら食材提供者が欲しいからって」

「あ~~ら。これは仲買人が取り決めた適正値段よ。ちなみに料理ギルドでSランクなら、もしかしたら、もう一つゼロが増えるかもね~~」

い、1000万……?

「私が知る限り、3000万グラって卸値《おろしね》も過去にあるそうよ。でも、魔物食材はこれからもっと上がっていくかもね～。あ、そうだ。ゼレットくぅん、特別にうちの金庫を見せてあげましょうか？

強盗が何を狙ったのか知りたくな～い？」

え？　金じゃないのか？

俺はギルドの奥にある金庫の前へと案内される。

ギルドマスターが専用の魔法暗号が刻まれた魔石を掲げると、軋みを上げて金庫の扉は開かれた。

直後、冷たい冷気が俺の黒髪を撫でる。

煙のような白い冷気が中から溢れ出してくると、徐々に金庫内が露わになっていった。

「これ……。食材か……」

肉、魚の切り身、果物、野菜、山菜、中には調味料まで保存されている。

口に入るものすべてが、金庫の中に凝縮《ぎょうしゅく》されていた。

「そのとお～り！　ここは食材提供者から預かった高級食材の冷凍庫なの。そして、この約八割の食材が、魔物の食材なのよ～」

「八割……。高級って、どれぐらいの金額なんだ？」

「そうね。ここに保存されているのは、下は１００万から上は１５００万グラってとこかしら？　だから窃盗団《せっとうだん》や、組織ぐるみの犯罪が後を絶たないのよぉ。怖いわぁ～」

せ、１５００万グラ……。

なるほど。強盗たちは、この食材を狙ってやってきたというわけか。それほどの金額ともなれば、地下に穴を掘ってまで、手に入れたい気持ちはわからないわけではないな。

「そうです。今、美食界隈では魔物を使った料理がブームになりつつあるんです」

俺とギルドマスターの間に、オリヴィアが割って入り、説明を始めた。

「それを受けて、魔物の取引価格が高騰してるんです。価格は常に変動していますから、三つ首ワイバーンの適正価格は、今ならもっと上がってるかもしれません」

嘘だろ。Aランクの魔物が、６００万グラから、さらに高くなるだと!?

それにこれは、俺に対する報酬額だ。

ギルドのマージンも乗れば、７００万グラ近くになるかもしれない。

つまり、依頼主はこの三つ首ワイバーンに、７００万グラを出す価値があると判断しているということだ。ハンターギルドでは、高々６０万グラの価値しかなかった魔物が……。

「ど～お？　あなたが雑魚と言った魔物だけど、６００万グラのお仕事だと思えば、少しはやりがいが見えてこな～い、ゼレットくぅん」

むふっ……とギルドマスターは、ウィンクを送る。

気持ち悪いことこの上ない。だが、提示された金額が魅力的であることは事実だ。

Sランクの魔物との読み合い、生きるか死ぬかのサバイバル。

そんなスリルを味わうことはないが、６００万グラの仕事だと思えば、ハンター冥利《みょうり》に尽きる。

「わかった。いいだろう……。６００万グラの依頼を受けてやる」

俺がそう言うと、ギルド内に安堵の息が漏れた。

拍手が送られ、「待ってました」とばかりに指笛が響く。

ギルドとしても、この高額依頼は是非とも達成しておきたかったのだろう。

700万グラをポンと出せる大口客の仕事だ。

にもかかわらず、依頼を受ける食材提供者はなし。余程困っていたとみえる。

「ありがとうございます、ゼレットさん」

「ふふん……。男ねぇ、ゼレットくぅん」

オリヴィアは頭を下げ、ギルドマスターは「ふふっ」と片目を瞑《つむ》った。

「ハラハラさせないでよ、ゼレット。でも、ありがと」

パメラは俺の背中を遠慮なしに叩く。

「正直に言うとね。受けてくれないんじゃないかなって思ってたんだけど、さすがのゼレットもお金の魔力には勝てなかったみたいね」

「何を言っているのかわからんな、パメラ。俺はただ単に、お前の顔を潰したくなかっただけだ」

「ゼレット……。そんな！　私のこと、そこまで考えて――」

パメラはイヤイヤとまた金髪のポニーテールを揺らして、首を振る。

何故か顔を真っ赤にしていた。

ん？　どうして照れてるかわからんな。

単にこの三つ首ワイバーンを狩らないと、明後日の宿の賃料が払えないってだけなんだが。

十年近くの付き合いがあるが、こいつの思考が読めない時が多々ある。

「早速、三つ首ワイバーンの目撃情報を集めますね」

「そうなのよね～。ゼレットくぅんが依頼を受けてくれたのは嬉しいけど、問題はその三つ首ワイバーンの居所なのよねぇ。と～ても神出鬼没だしぃ。かと思えば、突然市街の上空に現れて、荒らし回ることもあるし～。はあ……。気むずかしい男は嫌いよ！」

ギルドマスターは「キィィイイイ！」とハンカチを噛む。

ギルド所内がにわかに騒がしくなり始めた。

クバガラの樹の撤去を後回しにし、三つ首ワイバーンの目撃情報を集める。

「必要ない。お前たちは、グバガラの樹の片付けでもしていろ。放置しておくと、魔物の襲撃を受けることになるぞ」

「え？　でも――――」

ゴトン……。

そのゴツい音に周囲のギルド職員たちは驚いていた。

俺は構わずコートの中から、細長い鉄の筒を取り出す。

ただの鉄筒じゃない。これは武器だ。

鉄筒の前後に備えられた柄。肩で押さえるためにつけられたストック。遠くの敵を射貫くための単眼の遠眼鏡。発射時の冷却と反動抑制のために付けられた機工《カラクリ》。

さらに二脚の鉄足が、筒から伸びていた。

「ゼレットくぅん！　それって【砲剣《ほうけん》】？？」

ギルドマスターが反応する。

俺は作業を続けた。弾倉に弾を込め、ギルマスが【砲剣《ほうけん》】と呼んだ武器の下にセットする。横についたレバーを後方へと引いた。

『ワァウ！』

「早速、リルが獲物を見つけたらしいな」

「え？　見つけたって？　獲物？　どういうことですか、ゼレットさん？」

俺はオリヴィアの横を通り、【砲剣《ほうけん》】を担いだまま外に出る。

リルが西のほうを向いて、頻《しき》りに鼻をひくひくと動かしていた。

反応を見ながら、今度はプリムに指示を出す。

「プリム！　西の空だ」

「え？　何があるんですか？」

「分厚い雲しか見えないけど」

オリヴィアに続き、パメラも料理ギルドから出てきて、空を見上げる。

そこにあるのは、黒い雲だ。どうやら雷雲らしい。

ゴロゴロと音を立て、街の北を東から西へ横断しようとしている。

かすかに湿り気を帯びた風が、通りを抜け、料理ギルドの看板を揺らした。

「東からの風か……。やや修正が必要だな」

「見えたよー、ししょー」

「どこだ？」

「あっち？」

プリムは脳天気な声を上げて、指を差す。

「この辺か……」

俺は重い【砲剣《ほうけん》】を持ち上げ、引き金を引いた。

ズドォォォオオオオオンンンン!!

巨大な炸裂音が天地を貫く。

瞬間、砲身から火塊《かかい》が撃ち出された。

弾道はやや放物線を描きながら、先ほどプリムが示した雲の向こうに消えていく。

「び、びっくりした！」

「す、すごい音ですぅ……。耳がクラクラしますぅ」

オリヴィアは尻餅をついて、目を回す。その後ろで、ギルドマスターが割れた顎を撫でていた。

「は〜じめて見たわ。……砲術と『魔法《ルーン》』を掛け合わせた武器を操るハンターがいるって聞いてたけど、ゼレットくぅんのことだったのね〜」

【砲剣《ほうけん》】は、『魔法剣士《ダブルマスター》』と呼ばれる俺専用武器だ。

『魔法《ルーン》』の力を使って、魔力を込められた専用の弾丸を撃ち出す武器である。圧縮した魔力が充填《じゅうてん》された魔法弾は、通常弾の倍以上の威力を持ち、弓矢よりも遥かに長い射程距離と、ほぼ回避不可の弾速を実現した。

これ以上殺傷能力が高い武器の形態はないと言われ、最強の武器と推《お》す者もいる。

無論、普通の人間には扱えない代物だ。【砲剣《ほうけん》】を扱うためには『戦技《スキル》』と『魔法《ルーン》』が必要になる。

どちらかが欠けている者にとっては、ただの鉄筒に過ぎない。

『魔法剣士《ダブルマスター》』である俺だからこそ、扱いが可能な武器なのだ。

「もう——いきなり何だと思ったわよ。自慢の武器を見せつけたいのはわかるけど、撃つなら撃つって言ってよ。これから三つ首ワイバーンのところにでも行くのかと思ったわ」

「何を言っているんだ、パメラ?」

「え?」

「三つ首ワイバーンなら……」


たった今、仕留めたぞ。


先ほど火塊が消えた雲が紅蓮に染まる。

直後、轟音を響かせながら雲から何かが落ちてきた。

ゴゴゴゴゴゴゴ……。

「ちょ、何? 何?」

「はわわわわわわわわわ……」

「まさか————」

ボッと雲の中から何かが出てくる。

白い水蒸気を纏い最初に現れたのは、竜の頭だ。

それも一つだけではない。

三つの長い首を持つ竜の頭と、さらに飛竜の大きな特徴である巨大な翼が見えた。

「「「三つ首ワイバーン!!！」」」

三人の声が揃う。その目は驚愕に見開かれていた。

一方、竜の目はというと、完全に瞳孔が開き生気はない。

地面に叩きつけられれば絶命は必至というのに、身じろぎもしなかった。

「ぎゃあああああああああ!!」

「三つ首ワイバーンが落ちてくるぅぅぅぅぅううう!!」

ドォォォオオォォォォォオオォォオオォォオオオンンン!!

それはもう火山の爆発に似ていた。事実、巨大な白煙が上がる。

濛々《もうもう》と立ち上る煙を見ながら、俺は銃把《じゅうは》から手を離し、そして砲身を下ろした。

「三つ首ワイバーン……。依頼通り、仕留めてやったぞ」

俺は【砲剣《ほうけん》】をコートに収め、ギルドのほうに振り返るのだった。


三つ首ワイバーンは街の郊外に落下した。

鬱蒼《うっそう》と茂る森の中で、俺が仕留めた獲物は、磔《はりつけ》にされた罪人のように翼を広げて、倒れている。

やはりピクリともせず、睨まれれば立ち所に居竦んでしまう瞳も、白目を剥き、獰猛《どうもう》な牙が見え隠れする口からは泡を噴き出していた。

「三つ首の竜頭……。大きな翼……。三つ首ワイバーンで間違いありません」

同行したオリヴィアが確認する。

本来、料理ギルドの職員が現地にまで赴いて、獲物を確認することは稀《まれ》だ。

今回は本人たっての希望もあって、同行が許可された。

600万グラもする獲物だからな。何か手違いが起きれば、その責任はギルドが負うことになる。

大金がかかっているだけあって、組織としても慎重にならざるを得ないのだろう。

「オリヴィアはともかく、なんでパメラまで同行してるんだ？」

「いいじゃない、別に。私、ゼレットのお師匠さんからお目付役を頼まれてるし。ちゃんと仕事しているか、検分する義務があるのよ」

なんだ、それは……。むしろ逆じゃないのか？

お前が両親に先立たれた時、世話をしたのは俺のほうだったはずだが。

まあ、いいか。

「それよりも、あんたよく雲の中の三つ首ワイバーンを仕留めることができたわね」

「その前に、あの雲の中に三つ首ワイバーンがいたことが驚きですよ。三つ首ワイバーンって、目撃情報が少ないから、その生存圏だって不明なのに」

嘘だろ？　三つ首ワイバーンの目撃情報が少ない？

そんなものハンターギルドの情報資料室に問い合わせれば、すぐに出てくるぞ。

あ……。でも、ハンターギルドは閉鎖的な組織だからな。

基本的に魔物の情報は非公開にしていることが多い。一度進言したことがあったが、「商売敵に渡すなんてとんでもない」とハンターギルドのガンゲルに一蹴されてしまった。

おかげで衛兵と連携する時も、こちらが持っている情報を信じてくれなかったこともあった。

「信じられないかもしれないが、三つ首ワイバーンの生存圏は空の上にある空だ」

「そ、空の上にある空？」

パメラが首を傾げる。

その横でオリヴィアは冷静に俺の言葉を受け止めていた。

「それって、学者さんの間では『宇宙《うちゅう》』って呼ばれる場所ですよね」

「あまりに高い場所だからほとんど視認できない」

「だから、目撃例が皆無なんですね」

そんな場所に生物が生きてるなんて誰も信じないからな。

しかし、この宇宙を住み処にしている魔物は三つ首ワイバーンだけではなく、結構な数がいる。

先日、俺が倒した邪炎竜《じゃえんりゅう》も、その一つだったはずだ。

「そんな三つ首ワイバーンだが、実は地上に降りてくる瞬間がある」

「それってもしかして、人間を襲う時とか？」

パメラは顔を青くしながら、神妙に尋ねた。

だが、不正解を告げる言葉は思いも寄らない方向から聞こえてくる。プリムだ。

「ちがうよー、パメラー。おなかが空いたときだよー」

「…………」

「どうしたの？」

氷像のように固まったパメラを見て、プリムは「ふにゃ？」と首を傾げる。

「ごめん。今、私ショックでしばらく立ち直れそうにないわ」

「どういうことだよ、もー！」

プリムは両手を上げて抗議する。

俺も深く頷いた。

わかるぞ。その気持ち……。

「パメラ、残念だがプリムの言うとおりだ。どんな魔物も万能というわけじゃない。生物であるかぎり、体内に栄養を蓄える必要がある。では、魔物が摂取する栄養とはなんだ？」

「魔力でしょ。じゃあ、どうして三つ首ワイバーンは雲の中にいたの？」

「あの雲は雷雲だ。三つ首ワイバーンの属性は『雷』。だから雲の中で発生する雷から魔力を補充していたんだろう」

この世界の生きとし生けるもの――つまり、魔物にも『戦技《スキル》』か『魔法《ルーン》』が与えられている。

三つ首ワイバーンは総じて『魔法《ルーン》』。その属性は『雷』だ。

雷の属性を持つ魔物は他にもいるが、雷から直接魔力を補充できるのは、三つ首ワイバーン以外にあと十種類ぐらいしかいない。ある意味、希少な魔物なのだ。

「さすがS級ハンターです。魔物のことにも詳しいんですね。今の情報ですが、料理ギルドの議事録にまとめて、共有させていただいても構いませんか？」

「元だ。……別にかまわん。俺にとってはA《ざ》ランク《こ》の情報だが、売れば金になるかもな」

「売るなんてとんでもない！」

オリヴィアの反応は、俺が考えていたものとは正対していた。

「勿論、無料で全職員に共有させていただきます。ただ………ゼレットさん、よろしければ、他のギルドにも今の情報を教えてもいいでしょうか。その……ゼレットさんが折角調べた情報を、余所に流すというのは、理解しがたいことだと思いますが、魔物の被害を減らすためにも……その……」

「――――ッ！」

「はわわわわわ……。そ、そんな怖い顔をしないでください。気持ちはわかります。で、でも……今の情報を商人ギルドなんかに流せば、商隊の安全にもつながると思うんです。雷雲が近づいてきたら、見張りを増やすとか、街の警備の改善につながると思います。だから――――」

オリヴィアは涙目になりながら、必要性を訴え続ける。

俺はそんなオリヴィアの頭を無意識のうちに撫でていた。

まさかな。俺と同じことを考えているヤツがいるとは……。

料理ギルドとハンターギルドは、違うということか。それとも、単純に担当者の考え方の違いか。

「あ、あの、ゼレットさん？　く、くすぐったいですぅ」

オリヴィアは目をつむりながら、唇をムズムズさせて頬を赤らめていた。

背丈こそ小さいが、ガンゲルのような愚か者ではないようだ。

「かまわん。お前がそうしたいなら、そうしろ」

「やった！　ありがとうございます」

オリヴィアは目の前で小躍りする。

何故か、一緒にプリムも踊っていた。バカだ……。

「あとな。オリヴィア、俺がこれまでハントしてきた魔物の情報は、お前に全部開示する。それをどうするかは、お前の好きにしろ」

「い、いいんですか？」

「俺がやってもいいが、めんどくさい。お前に任せた」

「豪快に丸投げされたような気がしますけど、わかりました！　ゼレットさん、これからもよろしくお願いしますね」

改めてオリヴィアは頭を下げる。一先ず情報の共有については、これで一区切りだな。

「それにしても、薄気味悪いところね。街の郊外にこんな場所があったなんて知らなかったわ」

パメラは鬱蒼《うっそう》と樹木が生い茂る森を見渡す。

人気はなく、初夏を迎えようという季節なのに、冷たい空気が漂っていた。

「近くには古い墓地の跡があるからな。厄介なゴーストが出るから、猟師や野生動物も滅多に近づかない」

「ゴーストって……」

「ああ。ほら、現れたぞ」

シュル……。

絹を裂くような不気味な音が聞こえたかと思えば、地中から白い炎のようなものが出現した。

「おぉおぉおぉおぉおぉおぉおぉおぉおぉおぉおぉおぉおぉ……」

不気味な声を響かせる。

よく見ると、虹彩のない目と口が見えた。

「キャアアアアア!!」

「まさかあれって、ゴースト!!」

パメラとオリヴィアが、二人してヒシッと抱き合う。その目には涙が浮かんでいた。

ゴーストの数は、十、二十……いや四十はいるか。

近くに古い墓地があって、ゴーストが溜まりやすい土地ではあるが、かなり多い。

こうしたゴーストは、教会の神官たちが祓うのが通例だ。おそらく仕事をさぼっていたのだろう。

「ゼレット！　聖水はないの？」

パメラが悲鳴を上げる。

「ない。そんなもの俺には必要ないからな」

俺は自分に必要のない装備は持たない主義だ。

少しでも軽くして移動したいからな。聖水もあれで結構な重量になる。

「一本ぐらい持っておきなさいよ。どうするの、これ？」

「問題ない。リル」

俺が呼ぶと、リルが颯爽《さっそう》と俺たちの前に現れた。

スッと息を吸い込んだ後――。

『グオオオオオオオオオオオオオオオ‼』

天地を揺るがすような声で吠えた。

すると、ゴーストの姿が歪んだ。

パパパパパパパパパパパパパパンンン‼

あちこちで破裂音が響く。

俺たちの周りを飛び回っていた四十体以上のゴーストが、一瞬にして消滅してしまった。

先ほどまで悲鳴を上げて、騒いでいたパメラとオリヴィアは、ミルクを目の前にした幼児のように静かになる。

大きく目を開けて、視界の中から消えたゴーストに驚いている様子だった。

「な――なんですか、今の？」

「リルの聖属性を声にして放ったんだ」

「聖属性？」

「言ってなかったか？　リルは神獣だ」

「し、神獣？？　え？　うそ？　ほ、ほほほほ本物ですか？」

リルは神獣と呼ばれる中で、もっとも気高いといわれるフェンリルの子どもだ。

別名アイスドウルフとも呼ばれ、強力な『聖』と『水』の二属性《ダブル》を持つ種族である。

成獣ともなれば体躯は山のように大きく、半日で世界を横断し、触れればあらゆるものが氷漬けにされるという。その怒りに触れたある国は氷漬けにされた一方で、アイスドウルフに愛された人間は、死を超越し、どんな病や怪我も立ち所に治ったという文献すら存在する。

まだ神獣として幼くとも、ゴーストを蹴散らすぐらい訳ないのだ。

「しかも、一番使役《テイム》が難しそうなフェンリル種なんて。どうやって使役《テイム》したんですか？」

「使役《テイム》はしていない。そもそも神獣を使役《テイム》するなんてほぼ不可能だ。リルは俺の友達だよ。子どもの時から育ててきたから、俺はリルの親でもあるがな」

「し、神獣の出産に立ち合ったんですか？　神獣はとても寿命が長くて、五百年に一度しか子どもを生まないっていうのに」

オリヴィアは大騒ぎする。

まるで俺に挑みかかるように迫り、矢継ぎ早に質問した。

「たまたまだ」

俺は襟を立てて、オリヴィアから視線を離す。

その話になると、少々気まずい記憶に触れなければならない。

俺が顔を伏せると、空気を読んだパメラが話題を変えた。

「でも、良かったわぁ。たまたまこんなゴーストがうろつくような場所に落ちて……」

「ホントに……。凄ぃ偶然ですぅ」

「たまたま？　偶然？　そんなわけないだろ？　ここに落ちるように仕留めたんだ」

「「はあああああ？・？・」」

パメラとオリヴィアは声を上げる。仲いいな、お前ら。

「嘘でしょ？」

「そもそも聞き忘れていましたが、雲の中の三つ首ワイバーンをどうやって？」

「そうよ。全然見えなかったのに」

「俺には優秀な目と鼻がいるからな」

後ろで尻尾を振っているリルと、三つ首ワイバーンを見ながら、涎を垂らしているプリムを指差す。

リルは神獣だ。その気になれば、Aランクの魔物でも倒せる実力を持っている。

一方、リルは優秀な猟犬でもある。

身体能力は言うに及ばず、視覚、聴覚、触覚、嗅覚といった感覚の能力値は、その辺の使役《テイム》した動物や魔獣の遥か上を行く。

故に雲の中にいた三つ首ワイバーンが、どこにいるか当てることができたのだ。

そのリルの唯一の弱点は、言葉を交わすことができないことだろう。

魔物の居場所を言葉もなしに正確に指し示すことは、リルにとって容易なことではない。

そういう時、プリムの出番になる。

こいつの目の良さは異常だ。その気になれば、地平の彼方にいる蟻の数を把握することができる。

残念なのは、その数を当の本人が数えることができないことだろう。

リルが俺の鼻、プリムが俺の目となることによって、俺たちの狩りは完成する。

如何に俺がS級ハンターであろうとも、リルとプリムの力なしでは二位以下にダブルスコアを付けて、獲得賞金額ナンバーワンになることはできなかった。

「すごい……。これがS級ハンターなんですね」

「強いことは知ってたけど……。ゼレットってこんなに優秀だったのね」

パメラも驚きを隠せない。

まさか幼馴染みに疑われていたとはな。

こうして俺のハントを見せるのは、初めてだから仕方ないことか。

「――――で、このワイバーンをどうしたらいい？」

「とりあえずギルドに運びましょう。今、人の手配を」

「必要ない。プリム」

「あ～い」

プリムは三つ首ワイバーンのお腹の下に潜り込む。

「よっこいしょ」と割と間延びした声を上げて、軽々と三つ首ワイバーンを持ち上げた。

「「えええええええええええええええ!!」」

今日一番の声を上げて、二人は驚く。

自分よりも遥かに大きな魔物を、プリムは軽々と担ぎ上げていた。

「これ、どこに持っていったら、ごはんが食べられるの？」

質問しながら、唇から涎を垂らしていた。


料理ギルドの前には人だかりができていた。

いきなりギルドの屋根を突き破ったグバガラの樹を見て、野次馬が集まってきたのだ。

そんな彼らだったが、さらに驚愕の光景を目にすることになる。

ずしん……。ずしん……。ずしん……。

空気を震わせ、震動とともに現れたのは、三つ首の竜……を持った元気な赤耳族《あかみみぞく》であった。

人垣が自然と開く。三つ首ワイバーンを軽々と持ち上げて歩くプリムに道を譲った。

「ひとまずここに下ろしてください」

指示を出したのは、オリヴィアである。

プリムは指示に従い、慎重に三つ首ワイバーンを料理ギルド前の通りに下ろした。

それなりに広い通りが、魔物の巨体に占拠されてしまう。

「すげぇ……」

「これが三つ首ワイバーンか」

「大きい」

「初めて見たよ」

人がさらに集まってくる。中にはエプロンを着た料理人や、仲買人の姿もあった。

「ま〜さ〜か〜、素手で持ってきちゃうなんて、驚きだわ〜」

ねちっこい声は、料理ギルドのギルドマスターだった。

そう言えば、本名を訊いていない。思えば、オリヴィアも「マスター」と呼んでいた気がするし、もしかして誰も訊いたことがないのかもしれないな。

興味があるかといえば、さほどでもないが……。

「で、これからどうするんだ？」

「そりゃ、決まってるじゃな〜い。食材に加工するのよぉ。食べられるサイズにしないと、お口に入れられないでしょ〜」

ギルドマスターは赤いリップを塗った唇を小指で触る。

何かのアピールだったのだろうか。俺には全くわからなかった。

いや、わからないということにしておこう。

「と・り・あ・え・ず、まずは魔物をシメないとね〜。魚や牛と同じで、魔物も鮮度が命よ〜」

すると、職人風の男たちがワイバーンの周りに集まってきた。

魔物の解体などを生業とする料理人たちだ。ギルドの中に二人ないし、三人以上常駐しているらしく、皆が解体に必要な『戦技《スキル》』を持つ『戦技使い《スキルマスター》』のようだ。

なるほど。持っている包丁の手入れ具合を見るからに、かなりの職人集団だろう。

一人の職人が三つ首ワイバーンの頭の一つに取り付き作業を始めるも、すぐ手を止めてしまった。

「なんてこった……」

ぽろん、と持っていた包丁を取り落とす。

それは一人だけではない。

他にも三つ首ワイバーンの頭に取り付いた職人たちが、同様に手を止め、言葉を失っていた。

「そ、そっちもか？」

「ああ。こっちもだ」

「信じられねぇ……」

「ちょっと……。何事ぉ？　どうしたのよ～？」

ギルドマスターが覗き込むと、職人同様、顔色が変わってしまった。

気になったオリヴィアとパメラが近づく。

「何かあったんですか？」

「三つ首ワイバーンが、すでに活き締めされているのよ」

「活き締めって……。魚の……？」

「そうよ。魔物にもそれぞれそういう場所があるのよ。ワイバーンの場合は目の横ね。そこには脳幹があって、破壊されると、三つ首ワイバーンは即死に至るのよ。他にも急所はあるけど、脳幹がもっとも効率が良くて、保存が利いて、味が良くなったりするのよ～」

神妙な顔でギルドマスターは説明する。職人たちも同調した。

「オイラたちもそこをシメてから、血抜きをしようと思ってたのによ」

「すでに脳幹が機能してないんだ」

「穴が開いてんだよ。これぐらいの――――」

職人たちはお手上げとばかりに、乗っていた頭から下りる。

オリヴィアとパメラの顔から血の気が引いていく。

そして、皆が俺のほうに振り返った。

「ねぇ～、ゼレットくぅん。ここに来るまでの間に、活き締めをしてくれたのかしら？　随分とサービスがいいのねぇ」

「はっ？　そんなことするわけないだろ？」

「ぜ、ゼレットさんの言う通りです。ゼレットさんは、ワイバーンを撃ち落としてから一度も触れていません。まして活き締めをするなら、すぐにわかったはずです」

「オリヴィア、それって……」

「最初から脳幹を意図的に狙った、としか……」

「信じられない！　雲で見えない上に、急所の位置まで正確に射抜くなんて」

パメラは頭を抱えながら、通りの真ん中で喚《わめ》く。

なんだ？　一体、どうしたというのだ？

俺、なんか悪いことでもしたのか？

「驚くべきは、三つあるワイバーンの頭を、全部射抜いていることよ。一つ首を落としても、他の首が動いてたら活き締めにはならないの。三つ首を同時に締めないと意味がないのよぉ」

「でも、ギルマスよぉ……。こりゃあ、全部同時に射貫かれてるぞ」

「おらたち、そのために三人で来たんだ」

「どうやったのか、見当も付かねぇよ」

職人ももはや尊敬を超えて、呆れ返るばかりだ。

「ゼレットくぅん、一体何発撃って仕留めたの？」

「お前たちも横で見てたろ？　銃声は一発しかしなかったはずだ」

「え？　ホントに一発？　嘘でしょ！」

「嘘なんてついてどうする？」

そもそもだ。1ショット1キルは、ハンターの鉄則だ。

獲物を何度も狙う機会なんて早々あり得ない。仮に一射目を外し、三つ首ワイバーンに宇宙まで逃げられたりすれば、いくら【砲剣《ほうけん》】でも当てることは難しい。

そもそも俺が使う魔法弾は、完全なオーダーメイドである。

一発撃つだけで、三ヶ月分の飯代と家賃が吹き飛ぶ。三発なんて使ったら、それこそ大赤字だ。

なのに、ハンターギルドはハントにかかった費用の支払いをしてくれない。

逆に三発撃って大赤字になるなら撃つな、と以前ガンゲルに怒鳴られたぐらいだ。

「だから、俺はたとえ雲の中だろうが、相手の急所が三つあろうが、一発で仕留める技術を極めた。

……なんか文句はあるか？」

「も、文句はないけど……」

「費用節減のために技術を極めるなんて」

「言ってることはセコいけど、すごい技術だわ～」

パメラとオリヴィアは絶句し、ギルドマスターも息を呑む。

職人たちも汗を拭い、感心していた。

俺からすれば日常の出来事なので、別に大したことはしていないのだがな。

とはいえ、急所撃ちが魔物の鮮度に関わってくるなど、俺も初めて知ったがな。

頭を掻いてる横で、ペロリと舌を出したのはギルドマスターだった。

「これでおいしく食べられるわ～」

「どういうことだ？」

「活き締めは早ければ早いほどがいい。そして死ぬ時は一瞬がいい。魔物は命の危機を感じると、血中に魔力を垂れ流す。理由は知らん。身体能力を上げるためだという学者もいるが、問題は魔力と血が混ざることによって、肉や身を不味くすることだ」

解体屋の一人が説明する。それを聞いて、パメラが熱心にメモを取っていた。

「なるほど。三つ首ワイバーンは三つあるから、一つを殺しても、他の二つの頭が残っていれば、魔力を垂れ流し続けるのね」

「その通りよ～。ゼレットくぅんがやったことは、魔物をおいしく食べるために必要不可欠なことだったのね～」

ギルドマスターは労《ねぎら》うように俺の背中を叩く。痛ぃ……。

「三つ首ワイバーンの生態や生存圏については詳しいのに、食についての知識はすっぽり抜け落ちているのね。ゼレットって」

なんでそこでパメラがふんぞり返るんだ？

仕方ないだろ。俺たちは魔物を殺して、そこで証拠となる牙や鱗《うろこ》を剥いで、解体したらそこで終わりだ。食べることまでは考えていない。

「ところで本当に三つ首ワイバーンを食べるのか？」

確かに三つ首ワイバーンには肉がある。

お腹の辺りの脂肪。翼を動かす背中の筋肉。あと他考えられるとしたら……。

「そりゃ食べられるわよぉ。ゼレットくぅんも是非御相伴《ごしょうばん》に預かってちょうだい」

「興味ない。俺は魔物を狩れればそれでいい。そもそもその肉は依頼主のものだろう？」

「確かに依頼主さんのものですが、食材提供者にも功労者として、その肉の一部を与えることになっているんです」

「何？　金は？」

「取らないわよぉ。……ゼレットくぅんが捕ってきたんだものぉ」

何？　それって奢りか。奢ってくれるのか。タダ飯？　タダ飯を食べられるということか？

正直、未だかつて俺はタダ飯というものにありついたことはない。

ハンターの師匠はケチだったし、この道三十年の先輩と食べに行った時も割り勘だった。

極めつけはハンターギルドだ。

懇親会に強制参加させられたと思えば、きっちり会費をむしり取っていきやがった。

タダ酒、タダ飯など幻のものだと思っていたのに……。

どうやら、楽園はハンターギルドの外にあったようだ。

「ちょ！　どうしたの、ゼレット？　あんた、泣いてるの？」

「違うぞ、パメラ。これは汗だ。断じて涙ではない」

別にハンター時代の悲惨さを思い出して、涙したわけではない。決して！

ふぅ……。落ち着け。さすがに取り乱しすぎだ、俺。

こんなキャラじゃなかっただろう。自分のキャラを冷静に思い出せ。

料理と言っても食材は魔物だ。大して美味というわけではあるまい。

とはいえだ。俺だって、気にならないわけではなかった。

魔物食がなかなかいけることは、先のスカイサーモンで舌に染みるほど理解している。

チャンスと言ってもいいかもしれない。

「なら、御しょ――――」

「わーい！　やったー！　ご飯だー!!」

両手を上げて、プリムが喜ぶ。

横のリルも毛をモフモフにして、涎を垂らしていた。

「ちょ！　お前らも食う気か！」

「勿論、プリムさんとリルちゃんにも料理を振る舞わせてもらいます。功労者ですから」

「マジか!!」

おいおい。そんなに大盤振る舞いしていいのか。

そいつらの食欲は尋常じゃないぞ。

しかしなんだ、この料理ギルドの待遇の良さは？

依頼料は今までの軽く十倍。

雲の中の魔物を撃ち殺しただけで大騒ぎ。

魔物を即死させたら、褒められるし、極めつけは、取ってきたばかりの食材を食べられる。

しかもタダ飯（最重要）！

一体、何が起こっている？

今まで俺が知る世界とは全く違うぞ。

主に待遇面で天と地の差があるのだが……。

「そうだ。ゼレットさん、使用した弾丸の代金ですが、後で請求書をこちらに回していただけますか？」

唐突にオリヴィアはそう言った。

「請求書を回してどうするんだ？　競りにでもかけるのか？」

「競り？　あははは……。そんなことはしませんよ。かかった弾の代金をこちらでお支払いすると言っているのです」

な、なななな何…………？？？？

「ちょ、ちょっと待て。今、俺は大変混乱している。それはつまり、あれか？　ハントでかかった費用を、料理ギルドが負担すると言ってるのか？」

「はい。そう言いましたけど……。何か問題でもありますか？」

も、問題？　はぁぁあ？？　あるわけがないだろ！

突然だが、オリヴィアが神様に見えてきた。いや、ちっこいし、この場合天使だろうか。

なら、横にいるギルドマスターは主神か。

『オールドブル』の神様は両性具有というからな、意外と間違ってはいないんじゃないのか。

「た、高いぞ？　本当にいいのか？」

「先方からはどれだけ費用がかかってもいいと言われているので。請求書の件お願いしますね」

そう言って、オリヴィアは俺の前から立ち去っていく。

俺はその小さなシルエットを見ながら、思わず指を組んで祈ってしまった。

職人たちは手分けして解体の工程に入った。

三つ首ワイバーンをバラバラにするには、まず鱗から取り除く必要がある。

竜種の鱗は総じて硬く、解体の難しさは先のスカイサーモンの比ではない。

三つ首ワイバーンは特に鱗が複雑だ。

頭から首下にかけて鱗は大きく、分厚い。急所というのもあって、硬く進化したのだろう。

一方、背中の鱗は細かく、薄いが剥がれにくい構造になっていた。

最後に腹だが、こちらには鱗はない。代わりに非常に弾力性と伸縮性に富んだ皮膚になっていて、刃物が非常に通りにくくなっており、打撃も吸収してしまう。

竜種は厄介な特徴のものばかりだ。

今思えば魔物食が流行らなかったのは、単純に食べにくかったからかもしれない。

職人たちが今主にやっている作業は首側の鱗の除去だ。鱗と鱗の間に専用の包丁を入れ、少しずつ身から鱗を剥がしていく。

「手慣れているな。竜種の解体はよくやるのか？」

横に立ったギルドマスターに質問する。

パメラとプリム、そしてリルの二人と一匹は、より近くで職人の手さばきを見ていた。

パメラは勉強のようだ。頷きながら、熱心にメモを取っている。

一方プリムとリルは、涎を垂らしながら解体作業を見守っていた。

「そうねぇ。うちのギルドって、他の街とは違って、結構優秀な食材提供者がいてね〜。竜種は今月だけでもう三匹は捌《さば》いてるわ。ここにいるのは、うちの専属の解体屋だけど、フル稼働してるわよぉ」

「そんなに魔物の需要があるのか？」

「特に竜種は人気よぉ……。ドラゴン肉って手間はかかるけど、その分のリターンはとても大きいの。ドラゴン肉って食べると強くなるって迷信もあるから、騎士団から依頼もあるわねぇ」

ふむ……。未だに信じられん。

俺は長い間、魔物を相手にしてきたが、食材として見たことは、これまで一度もない。

たとえ、数ヶ月獲物を待つために山に籠もり、食糧が尽きかけても、発想すら浮かばなかった。

それは魔物がまずいというイメージを、昔から持っていたからだろう。

「三つ首ワイバーンはね。なんと言っても首の肉が絶品なのよ～」

「ほう……。どんな味なんだ？」

「それは食べてみてからのお楽しみねぇ。ゼレットくぅんの驚く顔が、今から楽しみだわぁ～」

ギルドマスターはイヤらしい笑みを浮かべる。

一時間後、ようやく三つの首の鱗が取れた。

時間はかかったが、これでもかなり早いほうだ。

そこに薄く包丁で切れ目を入れて、手で外皮を剥いでいくと、美しい桃色の身が現れた。

「「「おお!!」」」

解体を見物していた民衆から声が上がる。

メモを取っていたパメラも手を止め、プリムとリルは姉弟のように同じ顔をして尻尾を振っていた。

「こりゃすげぇな……」

解体屋の一人が参ったと白髪を掻いた。

「ここまで淡い桃色の身は初めて見た」

ん？　どういうことだ？　初めてって……。

この職人たちは何度も魔物の肉を捌いてきたんじゃないのか？

「何がすごいんだ？　普通の魔物の肉の色だろう？」

しん………。

沈黙が下りた。

おい。いちいち常識のない人間を見るような目で、こっちを向かないでほしいんだが。

「ぜ、ゼレットくぅん、魔物の肉の色って、どっちかというと青に近いわよ」

「活き締めが早ければ、赤に近い色だが、こんな桃色は初めて見たよ。これが多分、魔物本来の血の色なんだろう」

職人も「参った」と頭をペンペンと叩いた。

つまりどういうことだ？　一人だけ置いてけぼりの俺に対して、職人がレクチャーを始めた。

「さっき説明したろ？　魔物は興奮すると、血に魔力が混ざってる。それが身を不味くするんだとね。魔物も平常時には、血の色は赤いと言われてるけど、興奮すると血液と魔力が混ざり合って、青くなってしまうんだよ」

は？　魔物の血が青い？　バカな？

「ちょっとゼレット。魔物の血が青いなんて、常識よ」

パメラが忠告する。

嘘だろ！

俺、今まで何体も魔物を狩ってきたが、青い血を流してる魔物なんて……いや、いたか。

他の未熟なハンターが魔物と戦っている時、魔物の血が青かったような気がする。

昔、魔物を食べようとした時も、肉が青かったような気がするな。

「あれって……。ハンターが毒を使用したとかじゃないのか？」

「そんなわけないでしょ！　普通が青なの」

「ふふふ……。魔物学者以上の知識を持っているかと思えば、根本的なところで抜けていたりして。面白いハンターね、ゼレットくぅんは」

昔から師匠に付いて、ハンティングしていたからな。

師匠も凄腕のハンターだったし。たいてい急所に一発で仕留めていた。

というか、外して二発目を撃つぐらいなら、一旦仕切り直せと教え込まれていたぐらいだ。

子どもの頃から急所打ちを教えてもらって、身体に染み付いているから、魔物の血が青いだなんて、今の今まで知らなかったし、たまに見ても、他のハンターが使った毒が原因だと本気で思っていた。

「ゼレット、今日のスカイサーモンの身って、ちょっと紫がかってたでしょ？」

「あ……。そう言えば――」

なるほど。確かにあの時すでにスカイサーモンは、興奮状態にあったからな。

それで身が薄紫だったのか。てっきり、スカイサーモンの身は薄紫だと思っていたのだが……。

「ししょー、そんなことも知らなかったのー」

プリムはケラケラと笑う。

「プリム、お前まさか知ってたのか？」

「うん。ししょーと出会う前に、よく魔物と戦ったりしてたからね」

ショックだ。まさかプリムにまでバカにされるとは……。

ゼレット・ヴィンター、一生の不覚だ。

「まあまあ……。それよりもやっと食べられそうよ」

職人は首の上側の部分に包丁を入れる。

硬いかといえば、そうでもない。静かな湖水に刃を入れるように包丁は身の中に沈んでいった。

何度か包丁を入れると、パカリと開く。

そこに現れたのは、桃色の身と胸骨を思わせるような無数の骨だった。

職人はまず長い食道を取り除いていく。そして身と骨の間に専用の包丁を入れると、数人がかりで一気に包丁を滑らせた。

見事に骨だけを取り除くと、その様を見て、拍手が巻き起こる。

残った骨と腹骨を取り除き、三つに分けると、一つ目の首肉の解体が終わった。

「三つ首ワイバーンの首肉は、大きく三つに分かれるのぉ。頭のほうから首頭《しゅとう》、首中《くびなか》、首下《くびもと》って具合にね～。ちなみに首下が一番おいしいんだけど、それは依頼主に権利があって、あたしたちは食べられないのぅ。残念ね～。でも、首中でも十分おいしいから、楽しみにしてて～」

「楽しみにしててって……。どうするつもりだ？」

「決まってるでしょ……。焼くのよ」

「焼く？」

「こんなに新鮮なお肉なんですものぉ～。ステーキにしないともったいないでしょ？」


シュアアアアアアアアアンンンンン!!


鋭い音が耳をつんざいた。

細かい油の粒が鉄板の上で細かくステップを踏む。

直後、肉が焼ける匂いが鼻をくすぐった。

ステーキパーティーは始まったのだ。

目の前の通りに、即席の石竈《いしかまど》が積み上げられ、その上に大きな鉄板が置かれている。

油を塗布した鉄板の上には、分厚くカットされた三つ首ワイバーンの肉が白い湯気を上げていた。

芳醇《ほうじゅん》な香りはたとえがたく、焼ける音はフォークで刺して食べたくなるほどお腹を刺激する。

「おいしそう……」

『ワァウ！』

プリムとリルが同時に唾を呑む。耳をピクピク、尻尾を振り振り、目をピカピカ輝かせていた。

「肉の筋を切らなくていいのか？」

「あら～。ゼレットくぅん、料理に詳しいのね～」

「これぐらいは一般常識の範疇《はんちゅう》だろ」

いくら新鮮といえど、魔物の肉だ。食用に育てられた牛や豚じゃない。むしろそれ以上に硬い可能性は大いにある。特に身と脂肪の間の筋は、切っておくのがベターなはずだ。

「お肉を柔らかく食べたいなら、それもいいかもねぇ」

ギルドマスターは、俺の質問に相づちを打つ。

「でも、それだと肉汁が出て、折角の旨みが抜けちゃうのよねぇ。だから、うちでは低温調理を推奨してるわ」

確かに即席の石竈《いしかまど》の火はかなり小さい。やっと肉が焼けるといった程度だ。

竈《かまど》の前に立った料理人は、銀蓋を置いたり、開いたりしながら細かく焼き加減をチェックしている。

ひっくり返すと、桃色の身にいい感じの焼き目がついていた。

こうなってくると、魔物の肉が普通のロースステーキに見えてくる。

香りもいい。食をそそる香ばしい肉の匂いが、鼻腔の奥へと突き抜けていった。

「ごくり……」

無意識だったが、俺は唾を呑んでいた。

魔物のハントだけできればいいと思っていた。元々食にこだわりがあるほうではないし、パンだけで生活しろと言われても、苦にはしなかっただろう。

だが、今確かに俺は期待している。

鉄板の上で焼かれている魔物の肉から、目が離せないでいた。

弱火でじっくり中まで火を通す。

ギルドマスターの言うとおりだ。普通に肉を焼くよりも、血汁《ドリップ》が少ない。

肉の中の旨みをうまく閉じこめられている証拠だろう。

一度、鉄板から皿へ。再び銀蓋を被せて余熱で、肉に熱をじっくり伝えていく。

最後に強火で焼いて、軽く焦げ目を入れると、香ばしい匂いがさらに強くなった。

焼き上がり、木皿に盛りつけ、待望の一皿目が俺のもとへとやってくる。

「おい。本当にいいのか？　一皿目を俺が食って？」

「一皿目は食材提供者って、うちでは決まってるのよ、ゼレット」

「どうか。召し上がってください、ゼレットさん」

「いいなあ、ししょー」

『ワァウ！』

そんな恨みがましそうな目で見られてもな。

譲ってやってもいいが、折角の特典だ。無下にするのも失礼というものか。

それに——この魔物肉の味が気にならないといえば嘘になる。

「ありがたくいただこう」

早速、ナイフを入れてみると、驚くほどすんなり入った。

まるで薄皮をめくるようにあっさりとだ。

断面は息を飲むほど美しい。

外の焦げ目に対して、中心は薄い桃色をしていて、肉汁が清流のように光っていた。

「ソースはないのか？」

「あらかじめ塩胡椒は振ってあるよ。ソースを付けてもいいけど、まずは何も付けないで食べるのが、魔物食の醍醐味だね」

料理人は次の肉を焼きながら、俺の質問に答えた。

「じゃあ……」

俺は言われるまま何も付けずに、肉を口にする。

周囲の視線が痛い。

一挙手一投足を逃すまいと目を広げ、みんなが俺の口の動きに注目しているのがわかった。

一皿目は光栄の至りだが、次からは断らせてもらおう。

ゆっくりと顎を動かし、味わう。

上下あるいは左右に……。顎だけではなく、味を確かめるように舌を動かす。

喉が頑なに肉を飲み込むことを拒否し、ギリギリまで味わい尽くそうとしていた。

気が付いた時には、肉もないのに俺は噛み続けていた。

「どう、ゼレット？」

パメラが神妙な面持ちで尋ねる。

幼馴染みの顔が近づく横で、他の人間が固唾を呑むのがわかった。

俺は顔を上げる。

「うめぇ…………」

山羊のように鳴く自分がいた。

うまい。なんだ、これは……。本当に魔物の肉なのか？

食感はブランドものの肉と比べれば少し硬い。

食べると消えるというような感覚はないが、確かな食感を味わうことができる。

ぐっと歯に力を入れて食べられるから、余計に肉のジューシーさが際立っていた。

噛めば噛むほど、濃厚な旨みを凝縮した肉汁が口の中へと広がっていくのだ。

もはや肉を食べているというより、恐ろしく濃厚な肉のスープを味わっているのに近い。

当然、その風味は味覚を刺激し、世界が広がっていくような多幸感を感じた。

カツッ……。

ナイフが皿を叩いた。

「あれ？」

気が付けばステーキが消えていた。

俺の指より太い厚切りステーキが、忽然と皿の上から消滅したのである。

「俺の肉……は…………？」

「ふふ……。ゼレットもご飯に夢中になることがあるのね。私の料理の時も、それぐらい熱中してくれるほうが、作り甲斐があるというものだわ」

「パメラ、俺――完食したのか？」

「そうよ。あんた、すごい勢いで食べてたんだから」

信じられん。

記憶をなくすぐらい夢中になって食べるなんて、一体何年――いや、初めてのことかもしれない。

でも、決して夢ではない。

口の中で感じた肉の旨みや、風味が、ふっと息を吸い込むと、鼻の周りにまだ残っていた。

「気に入っていただけたようですね、ゼレットさん」

オリヴィアはニコニコしながら、呆然とする俺の顔を見ていた。

「で～も～、残念だけどゼレットくぅん。それだけじゃないのよ」

ギルドマスターは不敵に笑い、厚い唇を歪める。

「たった一つの肉の種類を食ったぐらいじゃ、魔物肉を食べたという証明にはならないわよ～。肉質では最高グレードの牛肉に負けるんだしぃ」

言われてみればそうだ。

確かにおいしかったが、ブランド牛以上かと問われれば、そうでもない。

魔物肉という前提ならば、非常に驚くべき味だったが、味のレベルで言えば最高級のブランド牛に一歩劣る。

むろん、それでも十分おいしいのだが……。

「悔しいけどぉ、仕方がないことよぉ。あっちは食べられるために生まれたのだからぁ。片や魔物肉は、野生100%のお肉よ～。ここまでおいしいだけでも奇跡的だけど、ブランド牛と比べると、ちょぉ～っと足りないでしょう～？」

「それでも魔物肉が選ばれる理由があるってことだな」

ギルドマスターは再び微笑むと、今焼き上がったばかりの肉を差し出す。

「そのとぉ～り。さ～て、今度はこれを食べてちょ～だ～い」


ゼレットくぅん、病みつきになっちゃうかもよ～。


そう言って、ギルドマスターが俺に差し出してきたステーキは、先ほどまでとちょっと違っていた。

外側を軽く炙《あぶ》った感じで、赤い身の部分が残っている。

単なる焼き方の違いだろう、と思って咀嚼《そしゃく》した俺は、完全に油断していた。

「やわらかい……」

なんだ、この柔らかさ。

溶けるような感じではないが、歯で押すと優しく押し返してくる。

そう。優しい。優しいのだ。

極上の柔らかさを持った枕のように、俺の口内が優しさに包まれていく。

外につけた焼き目が、香ばしい風味が、口の中に広がっていった。

赤身は先ほど食べたものよりも淡泊だが、独特の旨みがまた甲乙付け難い。

最後に振りかけたと思われる粗挽きの胡椒は、ほどよく俺の舌を刺激していた。

「どう？」

ギルドマスターは勝ち誇ったように笑う。

「味が全然違う。食感も……。部位が異なるからとか？　それとも焼き方か？」

「ふふ……」

鈴を鳴らしたように笑ったのは、横で見ていたオリヴィアだった。

「部位が違うというのは、半分正解です。部位は同じなんですが、違う首から取った部分なんですよ」

「は？　別の首というだけで、ここまで味が変わるのか？」

「でしたら、今度はこれを食べてみてください」

また料理人が焼き上がったステーキを持ってくる。

おそらく今日ほどステーキを食べた日はないだろう。

それでも、俺の食指は香り立つステーキに向かって這《は》い寄った。

「もしかして、これも……」

「はい。別の首のお肉ですよ」

早速食べてみる。

「おお！」

驚きのあまり、思わず席を立ってしまった。

身体がカッと熱くなる。辛い。辛いのだ。

胡椒のかけすぎかと疑うも、違う。

肉そのものの味が、非常に辛い。

歯ごたえは柔らかく、ぷりっとした食感は鶏の胸肉に近い。

しかし、やはり息を飲むのは、赤身肉から溢れる辛さだ。

舌を強く刺激し、つんと鼻から突き抜けていくような気持ちのいい辛みに、食欲が湧き水のように溢れ出てくる。

辛い肉料理は多種多様に存在するが、肉そのものが辛いなんて初めてだ。

そして気が付けば、また完食している。

最初は一枚丸ごと。他二種類は、半切れずつ。計二枚のステーキをお腹に収めた。

断っておくが、俺は大食漢などではない。正確な射撃には、バランスの良い身体が必要になるので、過度な食事は控えているぐらいだ。そんな俺ですらステーキ二枚を躊躇なく平らげてしまった。

それほど三つ首ワイバーンの首肉は美味だったのだ。

ああ……。食道を通り、胃に達してもまだ味が舌に残っている。

ブランド牛にも負けないジューシーな肉。

淡泊でありながら、脂が乗った回遊魚のそれを思わせる柔らかな肉。

赤身そのものに辛みがあるという前代未聞の肉。

それぞれ個性が極まっていて、かつうまい……。

この肉がすべて同じ魔物から取れたというのだから、驚きだ。

俺が固まっていると、オリヴィアは笑った。

「これはある学者さんが言っていましたが、三つ首ワイバーンの味の違いは、それぞれの栄養の摂取量が違うからだと言っていました」

「栄養の摂取量が違う？」

「犬猫でも生年月日は同じでも個体によって成長の速度が違うでしょ？　あれは他の兄弟との生存競争で淘汰《とうた》されて、満足にお乳を吸えていないからなんですよ。単純な話、栄養の摂取量の違いから来るんです」

なるほど。犬猫でも限らず、雛鳥もそうだったりするな。

人間でも起こることだが……。

「つまり、三つ首ワイバーンでも同じことが起こっている、と？」

基本的にワイバーンは雷雲から魔力を摂取しているが、雷雲を見つけられなければ、人間をはじめ動物や植物からも魔力を摂取することがある。

その時に口の中に入れる物が、それぞれの好みによって違ってくるということだろう。

「三つ首ワイバーンにはとても長い食道があります。そこから漏れる唾液は非常に強力で、胃に到達する前にある程度溶かしてしまうんですよ。長い首の中で食べ物が詰まったら大変ですからね」

「首である程度、栄養が吸収されてしまうから、首肉が特にうまく、さらに味の違いが顕著に出るということか」

「その通りです」

なるほど。あり得るな。

「面白いな……。魔物食……」

気付けば、そんな言葉が口を衝いていた。

すると、オリヴィアとギルドマスターはにんまりと笑う。

「でしょでしょ！」

「ふふーん。ようやくゼレットくぅんがデレたわねぇ～。最初は『俺は狩れればそれでいい』って言ってたのにぃ～。ああ……。人の成長って！　素晴《すんば》らしいわぁ!!」

「別に嘘を言ったわけではない。俺は魔物を狩れればいい。その考えは変わらない。だが魔物食に、少し興味が出てきたことは認めよう」

「ふふふ……。素直な子は好きよぉ、あたしぃ。ようこそ魔物食の世界へ、ゼレットくぅん」

ギルドマスターは投げキッスを送る。

当然、全力を以て躱《かわ》した。

「ゼレットさん、魔物は普通の生物ではありません。自然界に三つの首を持っている生物なんて、魔物以外いませんから。だから、魔物食というのは時々わたしたちに考えもしない奇跡を見せてくれる。それが魔物食の魅力なんだと思います」

「オリヴィア、あなたなかなか良いこと言うじゃな～い」

「わ、わたしは正直に話しただけです。茶化さないでください、マスター！」

オリヴィアはポカポカとギルドマスターを叩いた。やっぱ子どもにしか見えないな。

自然界に生まれた奇跡か……。ふむ、悪くはないな。

「ちょっとゼレット！　そんなにまったりしてていいの？」

先ほどまで解体方法のメモを取っていたパメラが、慌てて駆け寄ってきた。

「どうした、パメラ？」

「どうしたもこうしたもないわよ！　あの子たちに全部食べられるわよ」

指差す方向にいたのは、プリムとリルだった。

「おいしい！　このお肉、とてもおいしいよ、ししょー！」

『ワァオオオオオオオン！』

プリムとリルが、ステーキにがっついていた。

まだそれはいい。あいつらも功労者だ。ステーキを食べる権利ぐらいはあるだろう。

問題なのはそのプリムとリルの横に、すでに堆《うずたか》く皿が積み上げられていたことだ。

軽く五十皿はあるかも。一人と一匹を合わせれば、百皿はとうに過ぎていた。

高く積み上がった皿を見て、オリヴィアたちは息を飲むしかない。

「す、すごい食欲……」

「あ～ら。これは…………。依頼人分のお肉があるかしらぁ～。もしかしたら、ゼレットくぅんに、600万グラを払ってもらわなければならないかもねぇ～」

お、おい……。

それって、完全なる赤字じゃないか。

「すごーい。ボク、辛いお肉とか初めて食べたよ」

『ワァオオオンンン!!』


お前らぁぁぁぁぁあああああああああ!!

俺の絶叫は三つ首ワイバーンの嘶《いなな》きよりも大きく、街にこだまするのだった。


「痛ぇ!!」

俺は思わず飛び起きた。

布団をめくると、案の定馬鹿弟子が俺を抱き枕代わりにしている。

細い脇腹に組み付き、モゾモゾと俺の鍛え上げた腹筋にしゃぶりついていた。

「むふふふ……。ステーキおいしい〜……むにゃむにゃ」

昨日のステーキを夢の中でも絶賛堪能中らしい。

あれほど食べたのに、まだ食べ足りなかったのか。

耳を垂れ、モフモフした尻尾を動かし、実に幸せそうな寝顔をしている。

血が上った自分が馬鹿らしくなるほどだった。

ベッド代わりにしているリルも、気持ちよさそうに寝息を立てている。

こちらも頬《しき》りに牙を舐めていた。昨日のステーキの味が、まだこびりついているのだろう。

「――――ったく」

ポコッと軽い音を立てて、プリムの脳天に手刀を落とす。

すっかり眠気が吹き飛んでしまったが、案外目覚めは悪くない。

Aランクとはいえ、久しぶりに魔物を仕留めることができたからだろうか。

それにステーキを二枚も食ったのに、胸焼けもしていない。むしろすっきりしている。

さらに――――。

ぐぅ……。

腹の音が鳴った。

起きたばかりだというのに、腹が減っていたのだ。あのステーキによって食欲が刺激されたのか。

それとも魔物食には、胃腸の調子を整える作用でもあるのか。

ともかく俺は安らかに眠っているプリムとリルを残して、階下へ下りた。

「できた!」

いきなりでかい声が聞こえて、階段から転げ落ちそうになる。

厨房《ちゅうぼう》からだ。おそらくパメラだろう。

いつも通り朝食を作っているのだろうが、今日はいつになく気合いが入っているようだ。

俺の気配に気付くと、エプロン姿のパメラは笑顔を浮かべた。

「おはよう、ゼレット。よく眠れた？」

「ああ。まあな。今日は一段と勇ましいな。階段のところまで、声が響いてたぞ」

「ふふーん。自信作ができたのよ」

「自信作？」

パメラは厨房から皿を持ってくる。わざわざ蓋をし、もったいぶる演出付きでだ。

俺を食堂の椅子に座らせると、皿を目の前に置いた。

「じゃーん!!」

謎の擬音とともに、蓋を開く。

「おお!!」

それは丸いバンズの間に、何種類もの食材を挟んだ食べ物だった。

挽肉を固めて焼いたパテ。朝日に光る瑞々《みずみず》しいレタスとトマトに、さらにはチーズが挟まっている。

ハンバーガーだ。

携帯食の一つで、老若男女に愛される大衆フードである。

しかもただのハンバーガーじゃない。

いや、もはや普通のハンバーガーの大きさではなかった。

「お、おい……。パメラ！　俺、寝起きだからか？　パテが三重に見えるんだが？」

普通、ハンバーガーのパテと言えば、一つ。多くても二つだ。

だが、このハンバーガーにはパテが三つも挟まれていた。

トリプルバーガー……とでも言えばいいのだろうか。

いや、チーズも挟んでいるから、トリプルチーズバーガーだ。

「昨日ね。オリヴィアに頼んで、三つ首ワイバーンの首肉をちょっと分けてもらったの。さすがにもらえたのは、首頭のほうだったけど、それを挽肉にしてみたのよ。ゼレット、昨日凄い喜んで食べてたから、気に入るかなって」

「いや、昨日あんなに食べたんだぞ。今日はさっぱりとした魚が――――」

ぐぅ……。

また腹が鳴る。

まるで「素直になれ」とエール……いや抗議を送られているようだ。

いつの間にか、俺のお腹はよく喋るようになったらしい。

いや果たして本当に俺の腹なのかという疑惑まである。眠っている間に、弟子の腹と入れ替わっていたりしないだろうか。

「誰かさんとは違って、お腹は正直ね」

「そのようだな。まさかこんな朝っぱらから、三段も肉を重ねたハンバーガーを食べることになるとは――」

はむっ……。

「うまい!!」

俺は、実は結構ハンバーガーを食べるほうだ。

狩りに行く時も、携帯食として必ず一つ買ってから現地に向かう。

別に好物とか、何かしらのこだわりがあるわけじゃない。

携帯しやすく、色々なものを食べられるし、高蛋白な肉は身体の熱になりやすいから、寒い雪山に籠《こ》もって、獲物を待っている時などには最適な料理なのだ。

そういう意味で、よく口にしていたのだが、今咀嚼《そしゃく》しているトリプルチーズバーガーは、今まで食べたどんなハンバーガーとも違う。

ふかふかした出来たてのバンズに、なんと言っても三枚のパテが最高だ。

おそらく三種類すべての肉をそれぞれ固めたパテなのだろう。

まだ舌に残るあの時の味が、まざまざと蘇ってきた。

柔らかで噛み応えのある食感。

口の中で弾《はじ》けるジューシーな肉汁。

後を追うようにピリッとした辛さが、また溜まらない。

そこにシャキッとしたレタスと、酸味の利いたトマトが三枚の肉と絶妙に調和を果たしていた。

そしてなんと言っても、チーズだろう。

薄くスライスされたチーズは、バンズのパテの熱で、とろりと溶けて一体化しつつある。

肉の味の中に、チーズの酸味と甘みが混じり、重めの味をうまく軽減してくれていた。

単純に肉を三枚重ねしたハンバーガーというわけではない。

ふかふかのバンズ、キレのいい食感のレタス、酸味の利いたトマトとチーズ……。

肉を含めたどの食材も、過不足なく俺の舌を刺激している。

見事な調和だった。

気が付けば、またトリプルチーズバーガーは俺の手からなくなっていた。

残っているのは、口に残った肉汁の旨みと、カッと火照った身体だけだ。

「どう？　気に入った？」

「あ、ああ。うまかった」

「良かった。気に入ってくれて。三種類のパテで、トリプルチーズバーガーってなんか安直かなって思ってたのよ」

それはまあ……思ってた。

「ねぇ、ゼレット。私ね。昨日、ゼレットの活躍を見てて、自分も頑張らなくちゃって思ったの」

「パメラは十分頑張ってるだろ。俺と同い年で、荒くれ者の多い『エストローナ』を切り盛りしているんだからな」

「うん。でも、ここは父さんと母さんが残してくれたものだから。私は父さんと母さんがやってきたことを、そのまま引き継いでいるだけ」

それだけでも十分すごいと思うがな。

俺はパメラが淹れてくれた食後の珈琲《コーヒー》を啜《すす》る。

「私は自分自身の手で頑張って、何か一つのことを成し遂げたいの」

「いい決意表明だと思うが、具体的には何をしたいんだ、パメラは？」

「魔物の解体を覚えてみたい！」

パメラは手に力を込めながら、俺に言った。

「私が解体を覚えたら、ゼレットだっていっぱい魔物を食べられるでしょ、今みたいに。勿論、魔物の料理方法も覚えるつもりよ」

「俺は魔物をハントできればいい。それもSランクのな。魔物食は二の次だ」

「今も昨日も、子どもみたいに夢中で食べてた人がよく言うわ……」

夢中というのは否定しがたいが、子どもみたいとはなんだ。

俺とパメラは、一応同い年なんだが……。

「『エストローナ』はどうする？」

「幸い今のところ『エストローナ』は満床で、しばらく新規のお客さんは入ってこないと思うの。だいたいのお客さんは、朝出て夜帰ってくるから、空いてる昼の時間に勉強しようかなって。しばらく留守にする時は、向かいの定食屋の叔母さんに手伝ってもらおうかなって思ってる」

「なるほどな」

「ねぇ、ゼレット……。応援してくれる？」

パメラは少し不安そうに上目遣いで見つめた。

俺は手を伸ばし、金髪を撫でる。

「お前がやっと見つけたやりたいことだ。応援するに決まってるだろ」

「ありがとう、ゼレット」

パメラは俺に飛び込んでくると、強く抱きしめた。

ちょ！　パメラ！　お前までくっつくな。

昔から嬉しいことがあるとこうして抱きついてくる癖があるのだ、こいつは。

お互い良い年なのだから、いい加減子どもの頃の癖は抜けてほしいものだが。

全く……嫁入り前だってのに。おじさんとおばさんが見たらどう思うか。

俺がやれやれと肩を竦《すく》める横で、パメラは歓喜したまま目を輝かせた。

「私は私のやりたいことをする。頑張って魔物の解体を覚えて……。そうね。魔物料理専門店でも開こうかしら。……ゼレット！　食材提供者を失業したら、私の店に来なさいよ。あんた、顔は良いほうだし、ウェイターとして雇ってあげる」

そしてすぐ調子に乗るのも、パメラの悪い癖だな。

「俺が失業するようでは、魔物食のブームも終わって、お前の店も閑古鳥《かんこどり》が鳴いているだろうよ」

「確かにその通りだわ。だったら、もっとおいしい食材《まもの》を探してきて、S級ハンターさん」

「元だ」

俺は腰を上げる。

いつも通り、黒いコートを纏《まと》い、手に指出しグローブをはめた。

武器のメンテナンスは昨日のうちに済ましてある。

俺はいつも通り宿屋『エストローナ』を出ると、強い夏の日差しに目を細めた。

さて、今日こそはSランクの魔物を撃ちたいものだ。

Mamono wo Karuna to Iwareta
Saikyo Hunter,
Ryouri Girudo ni Tenshoku suru

第二章

ハンターギルドに、その大声が響き渡ったのは、陽気な午後の昼下がりだった。

「なんだと!!」

ギルドマスターであるガンゲルは、思わず立ち上がる。

鼻息を荒くし、顔を赤らめた姿は闘牛を思い起こさせた。

報告を告げに来たギルド職員は、その迫力に押され書類を取り落としそうになるが、結果落ちたのはガンゲルの前に山と積まれた書類の束であった。

「ほ、本当なのか、それは……」

ガンゲルは若干息を整えながら尋ねる。

胸を鷲《わし》掴みにして、三十年以上職務のストレスに耐え続けてきた心臓をいたわった。

そんな鬼気迫る姿におののきつつ、ギルド職員は頷く。

「ま、間違いありません。海竜王《かいりゅうおう》リヴァイアサンがチチガガ湾沖合に現れました」

海竜王《かいりゅうおう》リヴァイアサン。

名前の通り海竜種と呼ばれる中でも、一際巨大な海竜の王である。

大型船舶でも一飲みできるほどの巨体にもかかわらず、水中では無敵のスピードを誇り、巻き起こす衝撃だけで巨大な波を発生させることができる。

海中での生活が基本だが、異常な跳躍力を持ち、時には雨雲にまで届く姿が目撃されていた。

ハンターギルドが定めたランクは、説明するまでもなく〝S〟。

狩猟達成例は少なく、過去に二例しか存在しない。

そんなリヴァイアサンが現れたチチガガ湾は、ヴァナハイア王国が誇る屈指の漁場であった。

岸から少し沖のほうに出るだけで、海底が見えないほどの深さに加え、北からの寒流と、南からの暖流の恩恵もあり、様々な魚が集まる良質な漁場の水揚げ量は、王国全体の三割に及ぶ。

そこで捕った魚が、冷凍魔法によってヴァナハイア王国各地の市場へと出回るのだ。

そのチチガガ湾にリヴァイアサンが居座り始めたのは五日前のことである。

近場の漁師が発見し、「危険すぎてこのままでは漁船を出せない」と訴えてきた。

「なんで、よりによってリヴァイアサンなんだ！」

ガンゲルが明らかに不自然な亜麻色髪を掻きむしるのには、理由があった。

リヴァイアサンを始め、各地でSランクの魔物が活発に活動を始めたのだ。

すなわち――――。

『王禽《おうきん》』スカイ・ボーン。

『地戦王《ちせんおう》』エンシェントボア。

『角王《かくおう》』キングコーン。

『女帝《じょてい》』プリシラ。

そして『海竜王《かいりゅうおう》』リヴァイアサン。

今、Sランクの中でも、特に厄介な魔物の王たちが、示しを合わせたかのように世界各地で暴れ始めたのだ。

ガンゲルの机の上には、その報告書と救援要請が添えられていた。

前者はともかく、後者は封を切らなくともわかる。皆、あのゼレット・ヴィンターの支援を期待しているのだ。だがタイミングが悪いことに、ゼレットはギルドをやめてしまった。

(これでは、魔物どもがゼレットが離職するのを待っていたかのようではないか……)

ガンゲルはすとんと一度椅子に腰掛け、爪を噛む。

すでにその爪はボロボロで、フォークのようにギザギザになっていた。

「漁師から早く駆除してくれ、と多数依頼が来てますが、どうしましょうか？」

「うるさい！　黙れ！　今、考えておるのだ!!」

ガンゲルは机の上にあった爪切りを部下に投げつける。

再び爪を噛み、ガリガリと音を立てながら黙考した。

たとえゼレットがいなくても、ハンターギルドにはまだ多くのハンターが残っている。

Sランクの魔物を討ち取った経験もあるハンターも在籍していた。

しかし、ゼレット以上に確実にSランクの魔物を討伐できるハンターはいない。

まして相手は『海竜王《かいりゅうおう》』リヴァイアサンだ。一筋縄ではいかないだろう。

さりとて、ゼレットに今から頭を下げるなんて死んでもイヤだった。

「他はいい。ともかく今はリヴァイアサンだ。こうなったら、ハンターギルド総出で当たるぞ」

いよいよガンゲルは腹を決めた。

再び腰を上げ、指示を出そうとした時、執務室の扉が開く。

漂ってきたのは甘い香水の香りだ。ほどなくして、燕尾服を着た男たちが現れ、ガンゲルの執務机に向かって真っ直ぐに赤いカーペットを敷く。

その上をゆったりとした足取りで歩き、現れたのは妙齢の女性であった。

アイシャドウの入った陰険そうな垂れ目と、濃い目のチーク。首から厚手のファーをかけ、全体的に黒っぽい衣装を着ている。

「ヘンデローネ侯爵夫人！」

デリサ・ボニス・ヘンデローネ。

女性ながらヘンデローネ侯爵家を継いだ女当主で、社交界にも顔が利く権力者だ。

その彼女がご執心なのは、魔物の保護政策である。

どんな獰猛《どうもう》な魔物も、彼女からすれば「オールドブル」に生きる命。当然、それは尊ぶべきものであり、人間が魔物を狩ることはエゴだ、とヘンデローネ侯爵夫人は訴え続けている。

それも割と民衆を巻き込む過激な方法でだ。

しかし彼女ほどの身分の者が声高に訴えても、なかなか魔物狩りは終わらない。

そこでヘンデローネ侯爵夫人は、驚くべき行動に出た。

ハンターギルドのパトロンになったのだ。

お金に困っていたハンターギルドに、自分が直接資金を出す代わりに、その活動の自粛を迫ったのである。結果、Sランクの魔物の全面禁猟という荒唐無稽な提案を押し通したのだ。

ゼレットの前では憤然としていたガンゲルも、この判断には断腸の思いがあった。

けれど、ギルドの運営のために、お金は喉から手が出るほど欲しい。

ヘンデローネ侯爵夫人の申し出は、渡りに船というより、すでに川で溺れかけていたハンターギルドにとって、舳先《へさき》にしがみつくしかなくとも有難い申し出だったのである。

ヘンデローネが目の前にしたガンゲルは、先ほどまでの固い表情から一変、腰を低くして揉み手をスリスリと鳴らすと、侯爵夫人に尻尾を振った。

「侯爵夫人！　これはこれは急なお越しで、いかがいたしましたでしょうか？」

「聞いてるでしょ、チチガガ湾の件……」

ヘンデローネ侯爵夫人は、扇子を開くとパタパタと扇《あお》ぎ始める。

その風圧で顎下《あごした》の不摂生の塊がプルプルと震えていた。

「り、リヴァイアサンのことでございますか？」

「そうよ。あそこにはね。ヘンデローネ家が所有している船が停泊しているの。こんなおんぼろギルドなら、三回は建て直せるぐらいの最新式の帆船よ。そこで今度沖に出て、船上パーティーを開こうと思っているんだけど、リヴァイアサンのおかげで船が出航できなくなったでしょ？」

「はっ！　即刻、ハンターを派遣して、リヴァイアサンを討――――痛ッ!!」

ガンゲルの下げた頭に何かが当たる。

見ると、床に侯爵夫人の扇子が落ちていた。

その扇子を侍従が拾い、もう一人の侍従がスペアの扇子を差し出す。

「誰が討伐を頼んだのよ。何回言わせるの、あなた……」

ヘンデローネ侯爵夫人は、扇子でペシペシとガンゲルの額を叩いた。

まるで借金を取り立てにきた金貸しみたいな剣幕で、ガンゲルにまくし立てる。

「魔物も一つの命だと教えたでしょ。人間の欲望のために、その命を奪うなんて言語道断だわ。それもエゴだって、あなたにも説明したわよね？」

「お、おっしゃるとおり！　まさしくその通りでございます！」

「追い払うのよ！　もちろん、一切傷付けずによ。いいわね」

なら、船上パーティーを行うために、Sランクの魔物を追い払うのは、欲望でもエゴでもないのか。

喉まで出かかった言葉を飲み込み、ガンゲルは再び頭を下げる。

「かしこまりました！」

ガンゲルの言葉を聞き、ようやく溜飲《りゅういん》が下がったらしい。

ヘンデローネ侯爵夫人は警告だけをして、さっさと出て行ってしまった。

残ったのは、きつい香水の香りだけだ。

「はあ……」

ガンゲルは椅子に座り直す。

椅子から立ち上がった時は勇敢な武将であったが、座った時には敗軍の将のようであった。


三つ首ワイバーンをハントし、食材提供者として最高のスタートを切った俺は、今現在――一転職先を探していた。

あれからというもの、待てど暮らせど依頼は来ない。

このままでは来月はともかく、再来月の家賃が滞ってしまう。

そこで俺は次なる職を探すために、リルを枕にして、転職情報誌を読み漁っていた。

「────って！　ちょっと何をさらっと転職しようとしているのよ！　あんたには食材を料理ギルドに提供するっていう仕事があるでしょ!!」

眺めていた情報誌を奪い取ったのは、幼馴染みのパメラだった。

鍵をかけていたのに、当然の如く自室の扉は開けられ、プライバシーの欠片もない。

そもそもマスターキーを持っているからって、男の部屋に踏み込むことに、この幼馴染みは何の躊躇いもないのだろうか。

「仕方ないだろう。あれから何にも依頼がないんだから」

「依頼ならあるわよ。文字通り山のようにね！」

パメラはビッと部屋の隅に山と積まれた手紙を指差した。

すべて俺宛に書かれた依頼通知である。

三つ首ワイバーンを討伐して以後、俺のもとにはひっきりなしに依頼が舞い込んでいた。

遠く北の国から南の国まで。どこから噂を聞きつけたのか、毎日木箱いっぱいの手紙が部屋に運び込まれ、つい先日パメラに片付けろと釘を刺されたところだった。

「なのに『Sランクの魔物の討伐依頼じゃない』って言って、全部断ってるじゃない」

「仕方ないだろ。どの依頼もSランクの魔物の討伐依頼じゃないんだから」

「キィイイイイ！　また言った！　いーい！　今月も来月も、再来月の家賃も、一分たりとも遅れを許さないからね。その瞬間、あんたには出て行ってもらうんだから」

「何！　それは困る」

「だったら、働きなさいよ。ほら！　Aランクの魔物の依頼も来てるわよ」

「…………ｚｚｚＺＺＺ」

「寝ーーるーーなーー！」

パメラはフライパンをお玉で叩く。

昔からそうだが、騒がしい奴だ。

「あの～、わたしも入っていいですか？」

ひょっこりと現れたのは、小人族《ホビット》の少女だった。

「今、小人族《ホビット》って馬鹿にしたでしょ、ゼレットさん？」

俺の部屋に入るなり、目くじらを立てたのは、オリヴィア・ボックランである。

こんなちんちくりんだが、ギルドの受付嬢だ。

「そんなことは思っていない。小さいから見えなかっただけだ」

「小さくありません！　オリヴィアは二十二歳ですけど、成長が大器晩成型なだけです。いつか絶対みんなが見返すぐらいの淑女《レディ》になってみせるんですからぁ！」

オリヴィアは半泣きになりながら訴える。

「それで？　ギルドの受付嬢がわざわざこんな安宿に何用だ？」

俺は「安宿は余計よ」というパメラの小言を聞きながら、上半身を起こす。

「言っておくが、Sランクの魔物じゃないと、依頼は受けないぞ」

「いえ。今日は別の用件で参りました」

「別の用件？」

ひとまず俺は部屋に一脚だけあった椅子をオリヴィアに勧めると、話を聞いた。

「ゼレットさんはアストワリ家を知っていますか？」

俺はリルのモフモフの頭を撫でながら、眉を顰《ひそ》める。

それは、世俗に疎い俺でもよく知る家柄だった。

「公爵家の一つだな。確か今の第一王子の妃《きさき》がその公爵家の出だったはずだが」

今回だけではない。その前の前、さらにその前も王妃あるいは王子はアストワリ家と縁のあるものだったはずだ。つまり、王族にも顔が利くような大名家なのである。

「はい。実はアストワリ家の公爵令嬢が、是非ゼレットさんにお目にかかりたいと」

「俺に？　貴族のお嬢さまが？？」

なんだ？　三つ首ワイバーンを討伐した褒美でもくれるのか？

君主や領主ならわかるが、公爵家のご令嬢が、そこまでする権利を持っているのだろうか。

「実は、アストワリ家は料理ギルドの出資人でして、特にラフィナ公爵令嬢はとても熱心に、わたしたちを支援してくれています」

「貴族のお嬢さまが？」

「驚きかと思いますが、実はここだけの話――ラフィナ公爵令嬢は、魔物食に非常にご執心でして、三つ首ワイバーンの依頼も、そのラフィナ様からなんです」

「貴族令嬢が……！」

「魔物食にご執心！」

俺はパメラと顔を見合わせる。

その慌てようを水色の瞳に収めたオリヴィアは、くすりと笑った。

「別におかしいことではありません。今や魔物食は昔と違って、時代のムーブメントなんです。我々平民だけではなく、貴族や王族の方々にまで浸透しつつあるんですよ。むしろ貴族の方々から始まった流行なんです」

考えてもみれば、何もおかしくない話だ。

三つ首ワイバーンの値段は、目玉が飛び出すほど破格だった。

あんな高額な値段をポンと出せるのは、庶民ではなく貴族ぐらいしかいない。

それも、今名前に上がった名家の貴族でなければ難しいはずだ。

問題は、その公爵令嬢が俺に何の用かってことだな。

「で――三つ首ワイバーンを提供した俺の頭を撫でるために、家まで来いということか？」

「目的は聞いていません。ただ一言――お目にかかりたい、とだけ……」

「気が乗らんな……」

俺はリルに寄りかかる。

「何言ってるのよ！　相手は大貴族よ！　しかも王族に顔が利く！　ゼレットのハンターとしての腕を見込んで、仕官の話をしたいのかもしれないわ。そうなると大出世じゃない！」

「大貴族の士官になれば、Sランクの魔物が撃ち放題になるのか？」

「そ、それは…………わからないけど」

「じゃあ、いい」

「何でよ!!　あんた、転職を考えてたんじゃないの？」

「え？　ゼレットさん、転職を考えてたんですか？」

オリヴィアが椅子から立ち上がり、パメラとともに追及を続けた。

「大貴族の士官なんて、絶対高給取りじゃない！　食材提供者が嫌なら、せめて公爵令嬢さまの話ぐらい聞いてきなさいよ。じゃなかったら、あんたたち今日の晩飯抜きだからね！」

「はっ！　一食抜いただけで、俺が怯《ひる》むとでも思ってるのかよ」

俺は肩を竦めると、そのまま引っ張り上げられる。

背後を見ると、立ち上がったリルが俺のフードを噛んで、持ち上げていた。

「ちょ……！　リル!!」

「し〜〜〜〜〜〜〜〜〜〜しょ〜〜〜〜〜〜〜〜〜〜〜〜〜〜〜〜……」

突然、天井に穴が開く。屋根裏に潜んでいたプリムが顔を出すと、まるでゾンビのように壁を伝い、床を這って俺に迫った。その目には生気はなく、あるのは飽くなき食欲だけだ。

「行こう！　きぞく！　食べにいこう！」

じゅるり、と唾を呑み込む。

いや、貴族を食べたらダメだろう……。


結局、俺は弟子と飼い狼に挟まれ、やむにやまれず貴族令嬢の家に行くことにした。

初めて四頭引きの馬車に乗り、アストワリ公爵家の屋敷へと向かう。

瀟洒《しょうしゃ》な一等客車は広く、俺、プリム、リル、そしてオリヴィアが乗ってもまだ余裕がある。そこかしこに一流の木彫り師が彫ったような細工が施され、キンキンに冷えたワインまで常備されていた。

客車は衝撃吸収の『魔法《ルーン》』が施され、さらに周囲の空気を一定温度に保つエアクの樹で作られている。おかげで、すこぶる快適だ。願わくは、このまま中で住みたいぐらいである。

明らかに一流の客をもてなす待遇だった。

ハンターギルドにいたら、おそらく一生受けることはなかっただろう。

「ねぇねぇ、ししょー。きぞく、まだ？　まだ？」

「何度も言わすな。貴族は食べ物じゃない。だが遅いな。まだ公爵家には着かないのか、オリヴィア」

「もう着いてますよ」

「は？　ずっと森の中を走ってるように見えるが」

俺は客車の窓の外を見る。

ピンと立ったスピアみたいな針葉樹が立ち並んでいるだけで、屋敷の「や」の字も見えてこない。

「ここはすでにアストワリ家のお庭なんですよ」

これ全部庭か！　どんだけ金持ちなのだ、アストワリ家は。

でも、７００万グラをポンと出すぐらいだからな。しかもご当主様じゃなくて、ご令嬢様だ。

きっと甘やかされて育った我が儘《まま》娘なのだろう。

若干辟易しながら、俺は残り短い馬車の旅を楽しむことにした。


公爵家の庭に入ってから十分後。

俺たちはお城といっても差し支えない巨大な屋敷を、目撃することになる。

鮮やかな青の屋根に、白亜の壁。城壁といったものはないが、屋敷は東西南北に広がり、一見するだけでその広さに圧倒される。

中はきっと迷宮みたいになっているのだろう。

その玄関口で俺たちを歓待したのは、豊かな黒髪を二つに結んだご令嬢だった。

色鮮やかなドレスでお出迎え、とまではいかない。露出の少ない軽装を身に纏《まと》い、側には矢筒が置かれていた。今から鷹狩りにでも出かけようかという出で立ちだ。

「ようこそお出でくださりました、ゼレット様。わたくし、ラフィナ・ザード・アストワリと申します。以後、お見知りおきを……」

少女は情熱的な赤いドレス——ではなく、しっかりした絹地のパンツの裾を掴み、まるでダンスを誘うが如く、俺に頭を下げた。

威圧するわけでも、その知性を見せびらかすこともない。

明るい青の瞳は子どものように純真に輝き、その白い肌もまた眩《まばゆ》い。まだまだあどけなさは残る小顔に、やや正対するような大きな胸は軽装に身を包んでいてもはっきりとわかるほどだった。

「どうかされましたか？」

「あ……。いや——」

俺は反射的に目をそらす。

驚いた。この俺が、見惚れてしまうとはな。

スタイル、漂ってくる気品は、どれも一級品だ。しかも、俺の見立てではまだ彼女は原石に近い。たぶん、これからさらに綺麗になるだろう。

「失礼した。ゼレット・ヴィンターだ。こっちは、弟子のプリム。飼い狼のリルだ」

「よろしくね、お姉さん！」

『ワァウ！』

プリムとリルは気さくに挨拶する。

師匠であり、飼い主でもある俺がちょっと緊張しているのに、相変わらず能天気なヤツらだ。

「ご無沙汰しております、ラフィナ様」

「久しぶりですね、オリヴィア。ギルドの皆様はお元気ですか？」

ラフィナは自ら手を差しだし、オリヴィアの手を取る。こんな時でも、貴族臭さはない。旧知の友達に出会ったかのように、自然な笑顔を見せた。

どうやら、ラフィナ嬢は俺が知る貴族とは少し違うようだ。

「さて……。早速屋敷をご案内したいところですが、少しわたくしの戯《たわむ》れに付き合っていただけないでしょうか？」

「戯《たわむ》れ？」

俺は怪訝《けげん》な表情を浮かべると、ラフィナ嬢は側付きから差し出された弓を取る。

「本日、ゼレット様と少しお話をさせていただいた後、ささやかではありますが、パーティーを催したいと考えております」

「ラフィナ様、わたしは何も……」

「はい。だから、今言いました。ただわたくしの思いつきで決まったので、肝心の食材をご用意できておりません。これから獲りに参るのですが、是非ゼレット様にもご同行いただけないかと」

ラフィナは俺に挑戦的な視線を向ける。

さっきまでの淑女然《しゅくじょぜん》とした顔はすっかりなりをひそめていた。

ラフィナ本来の姿を巧妙に隠していたのだろう。

そして、戯れというのは俺の実力を試す試験というわけか。

点数を付けたがる理由はわからないが、彼女なりに何か目的があるに違いない。

例えば、俺がSランクの魔物を狩るに値するか否か、とか。

少々自分の願望が過ぎる予見だが、当たらずとも遠からずといったところだろう。

「気が乗りませんか、ゼレット様。では賭けをいたしませんか？　実は、この広大な庭にも数は少ないですが、魔物が棲みついております」

「ええ？？　公爵家のお庭に、魔物が？　本当ですか、ラフィナ様」

おそらく真実だろう。先ほどからリルの耳が頻《しき》りに動いている。リルが魔物の居場所を捉えた時に出る仕草だ。どうせ雑魚だろうが、近くにいることは間違いない。

「この森の中で、わたくしの獲物よりも、ギルドランクの高い魔物をゼレット様が捕まえてくることができれば――――」


Sランクの魔物の討伐依頼を、わたくしが出すというのは如何でしょうか？


「――――乗った！」

「即答ですね。もう少しゆっくり考えてもいいんですよ」

ラフィナは不敵に微笑む。

「必要ない。とっとと始めよう」

「では、あなたが負けた場合、わたくしの言うことを何でも聞いてくれますか？」

「な、なんでも？　ラフィナ様、それはいくらなんでも……」

オリヴィアは、俺とラフィナの間に立って右往左往する。

「かまわん」

「ちょ！　ゼレットさん！」

オリヴィアは止めようとするが、すでにラフィナが薄く笑った後だった。

「男に二言はございませんね？」

「もちろんだ。お嬢さまも後で無理でしたなんて言うなよ」

「心得ております」

「じゃあ、ボクもやる!!」

はいはーい、とプリムが手を上げた。

「お前は引っ込んでろ、プリム」

「構いません。遊びは大勢でやるほうが楽しいですから」

「えっと……。じゃあ、わたしはここで待つことにします」

『ワゥ～』

オリヴィアは待機を宣言する一方、リルは大きな欠伸をする。そのままペタリとお腹を付けてしまった。不慣れな馬車移動が案外きつかったのかもしれない。

「制限時間は二時間ほど。ランクが同じだった場合は如何なさいますか？」

「その時はお嬢さまの勝ちでいい。こっちはプロだ。ちょうどいいハンデだろう」

一瞬、ラフィナは酷薄《こくはく》な笑みを浮かべたことに、俺は気付かなかった。

「わかりました。では早速、狩猟開始と参りましょう」

◆◇◆◇◆　ラフィナ　視点　◆◇◆◇◆

ふふふ……。

ゼレット・ヴィンター。

元S級ハンターとお聞きしていましたが、口ほどにもありませんわ。

小娘と思って侮ったのでしょうが、実はわたくしの弓の技術は、そこらのハンターにも引けを取らないほど熟達しているのですよ。

そもそもわたくしは『戦技使い《スキルマスター》』。

技名は【一発必倒《ファーストショット》】。

魔物の急所を撃ち、死に至らしめる恐ろしいレアスキルを持っているのです。

お父様もお母様も、技名とその効力を聞いて、公爵令嬢にあるまじき野蛮のスキルと一刀両断してしまいましたが、魔物食に魅了されたわたくしにとって、天啓《てんけい》以上の何物でもありませんわ。

そう。神は言っているのです。

わたくしに魔物を狩り、食らえ、と――――。

「何としてでもぎゃふんと言わせて、あなたをわたくし専属の食材提供者にしてみせますわ。そして、あーんな魔物や、こーんな魔物まで数多ある食材を片っ端から……ぐへへへへ――――あら？　いけませんわ。想像したら涎が……」

そもそもゼレット様が悪いのですよ。

わたくしが送った数々の依頼書をすべて無視したのですから。

ここまで殿方に虚仮《こけ》にされたのは、人生で初めてですわ。

けれど、わたくしは千載一遇のチャンスを得ました。はっきり申し上げましょう。

「この勝負、ゼレット様に勝ち目はございません」

ここは言わずもがな公爵家の箱庭。つまり、わたくしの庭ですわ。

どこにどんな魔物が潜んでいるか、わたくしはすべて熟知していますの。

例えば、この庭には主にD～Eランクの魔物が棲息《せいそく》していますが、唯一夏の間だけ凶暴になり、DからCランクに引き上がる魔物がいるのです。

名はブラドラビット。

普通の兎《うさぎ》より一回り大きく、一見可愛らしく見えますが、頭に鋭い角を持ち、馬にも負けないほどの脚力が特徴の魔物ですわ。

そして特筆すべきは、夏場にその特性が変わることです。

夏は人間にとっても、その他の生物や魔物にとっても生きづらい季節。気温が高いことに加え、山の実りが一番少なくなる季節です。案外、冬以上に厳しい季節なのですよ。

それはブラドラビットも同様です。

主に魔草を食べる彼らは、春に生えた魔草を夏までに大方食べ尽くしてしまいます。強い飢餓感はやがて魔草を主食とする性質から、肉食へと変化し、野生動物や人を襲い始めるのです。

そうなった時のブラドラビットは、可愛い兎の魔物ではありません。もはや手を付けられなくなった猛獣です。馬と同じ速度で森を駆け抜け、鉄を貫く角で襲いかかってくる。

想像するだけで厄介この上ない、森の通り魔へと化けるのです。

ですが、いるとわかっていれば、対処もしやすい。

例えば、遠距離からの狙撃などが有効でしょう。

わたくしは森を一望できる丘へと登り、辺りを見渡しました。

「いた！」

思わず舌なめずりしてしまいました。

いけませんね。淑女がはしたない。

でも、これは仕方ないことです。ブラドラビットは危険なCランクの魔物ではありますが、その発達した足の肉は上質な鴨肉を思わせるように美味。お鍋にすると旨みが滲み出て、お汁を使って饂飩《うどん》で締めるも良し、雑炊《ぞうすい》にするも良し。

おっといけません。

夢の国に浸るには、少々陽が高すぎますわ。

それはこの勝負に勝って、ゼレット様にたくさんの魔物を獲ってもらい、未知の料理を味わった後にいたしましょう。

【一発必倒《ファーストショット》】！

弓弦を目一杯引き絞り、わたくしは力を込めて放つ。

矢は誘《いざな》われるように、ブラドラビットの急所である角の根本を射貫きました。

こてん、と人形が横倒しになるみたいに、ブラドラビットは倒れます。

その後、ピクリとも動きませんでした。

「我ながら、惚れ惚れするほど見事な腕前ですわ」

なんて言ってる場合ではありません。魔物は鮮度が命です。

わたくしは丘を下り、射止めたブラドラビットのもとへと急ぐのでした。


今日の狩りは、我ながらうまくいきましたね。

あれから三匹のブラドラビットを仕留め、少々予定よりも早く引き上げることを決めました。

帰ってくると、すでにゼレット様の姿があり、リルという神獣と戯れておいでです。

横でオリヴィアさんが、唇を尖らせていました。

「早いですわね、ゼレット様。さすがは元S級ハンターといったところでしょうか」

「お嬢さまもな。ま――とは言え、この猟場はあんたの庭だ。当然といえば、当然か」

「ゼレットさんったら、一〇分もしないうちに戻ってきたんですよ」

一〇分……!?

そんな短時間で一体どんな魔物を捕ってきたのでしょうか？

野生動物も人の匂いが残る屋敷には滅多に近づきません。

故に獲物を捕獲するためには、森の奥へと進む必要があります。

行って帰ってきたとしても、三〇分以上はかかるはずなのに……。

いえ。考えるだけ無駄ですね。この森にいる魔物は、ブラドラビッドのCランクが最高のはず。

たとえ、それを見抜いたとしても、引き分けはわたくしの勝ち。

卑怯とそしりを受けるかもしれませんが、ゼレット様には是非わたくしが理想とする魔物食の礎《いしずえ》になってもらいましょう。

「じゃあ、始めるか」

「え？　まだお弟子さんが帰ってきてませんけど？　いいんですか？」

オリヴィアさんが目を瞬かせると、ゼレット様は肩を竦《すく》めました。

「あいつはアホだからな。二時間って言っても、帰ってこないだろう。時計も持っていないし、そもそも時計の読み方も知らない」

「そ、そうですか……。ラフィナお嬢様、構いませんか？」

「わたくしはいつでも……」

一瞬笑いそうになりましたが、勝利の瞬間まで堪《こら》えることにいたしました。

「じゃあお嬢様からだ。それが捕ってきた獲物だな？」

「ええ……」

わたくしは解体済みのブラドラビットを掲げて見せました。

「すごい綺麗に解体されてる。それにこれ、ブラドラビットですね。夏場になると危険度が増して、

DからCクラスに変わる特殊な魔物です」

オリヴィアさんは普段仕事で使ってる『鑑定』の魔導具を使い、結果を教えてくださいました。

「次はゼレット様の番ですわ。あれ……？」

今気付きましたが、ゼレット様の周りには獲物らしきものが見当たりません。

もしかして、先に屋敷に運び込んだ？　いや、それならこんなところでのんびりとなんて……。

すると、ゼレット様はゴソゴソとベルトに下げていた袋の紐を解きます。

一体何をしているか理解が追いつきませんでした。

袋はとても小さく、拳も入らないほどだったのです。

そんなところに、ブラドラビットが入るはずがありませんでした。

これはわたくしの勝ちですね。

「これだ……」

勝利を確信しつつ、わたくしはゼレット様が両手に包んだ中身を覗きました。

そこにいたのは、たった一匹の蟻です。

……え？　蟻？

「あ、蟻ぃぃいいぃいいぃいいぃいいぃい!!」

わたくしの絶叫は、広大な庭に響き渡りました。

◆◇◆◇◆　ゼレット　視点　◆◇◆◇◆

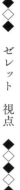

「こいつの名前は、キャッスルアント……。城郭蟻《じょうかくあり》とか、あるいは城塞壊《じょうさいこわ》しとか言われている蟻だ」

俺は手の平でせわしなく動き回る蟻のことを説明した。

体長は俺の親指ぐらい。普通の蟻より少し大きいという程度だ。

灰色っぽい体色に、普通の蟻の顔に王冠を載せたような容貌をしていることから、地方によってはクラウンアントなんて呼ばれていたりする。

「な、なるほど。そんな蟻の知識まであるのですね。さすが元S級ハンター。博識でいらっしゃる」

ほほほほほ、とラフィナは突然笑い始めた。

その表情を崩すことなく、俺を睨《ね》め付ける。

「しかしお忘れですか、ゼレット様。これは魔物のランクを競うという趣向の勝負ですよ。なのに、小さな蟻なんか捕まえてくるなんて……。かなり珍しい種類というのはわかりますけど、趣旨をお間違えではございませんか？」

「間違えてなんかいない。このキャッスルアントも魔物の一種だからな」

「なっ？」

嘘でしょ？　とばかりに、ラフィナは振り返る。

視線を向けたのは、オリヴィアだった。ギルドの受付嬢は一つ頷く。

「はい。キャッスルアントは魔物の一種です」

「嘘！　こんなに小さいのに？」

ラフィナは俺の手の平で戯れるキャッスルアントを指差す。

ショックのあまり、その指先はプルプルと兎のように震えていた。

「魔物に小さいも大きいもありません。人間に害をなし、さらに魔力を摂取して生きる生物を、『魔物』と呼称しているのです」

「で、でも！　こんな小さな蟻が、人間に害をなすなんて――――」

ラフィナは諦めずに抗弁するも、オリヴィアは首を振った。

「先ほどゼレットさんも言っていましたが、キャッスルアントは城郭壊しという異名が付くぐらい恐ろしい魔物なんです。一匹一匹の力は大したことはありませんが、これが百、千、万となってくると違います。その数の暴力を生かして、お城を壊してしまったという逸話があるほど凶暴なんです」

「そんな……。じゃあ、このキャッスルアントのランクは？　いくらなんでも、蟻がCランクなんてことはないでしょ？」

ラフィナの声のトーンが、段々大きくなっていく。

化けの皮が剥がれてきたな。常に己を取り繕《つくろ》うには、お嬢さまは若すぎだ。

「ラフィナ様の仰る通り、キャッスルアントはCランクではありません」

「やっぱり……。いくらなんでもこんな小さな蟻――――」

「キャッスルアントは、Bランクに該当する魔物です」

「え――――？　び、Bランク……！」

瞬間、ラフィナは腰砕けになり、倒れそうになる。自ら踏ん張って堪えたが、心なしか肌の白さがさらに際だって、燃え尽きた灰のように見えた。

よっぽど自信があったのだろう。

「この季節のブラドラビットに着目したのはなかなかだ」

「あ、ありがとうございます。でも――」

「そうだ。お嬢さまは大きなものを見過ぎだ。小さくとも危険な魔物はいる。むしろ、そっちのほうが多いぐらいだ。それをはき違えれば、あんたの屋敷もいずれキャッスルアントに食われるぞ」

我ながら、説教臭かったか。柄じゃないんだが、でも大事なことではある。

魔物の知識をちゃんと伝えることも、ハンターとしての役目だからだ。

――って、そう言えばもうハンターではなかったんだな、俺は。

「一つお尋ねしてもよろしいですか？」

項垂れたラフィナが顔を上げる。その目には薄らと涙が浮かんでいた。

「あなたがキャッスルアントを見つけたのは、たまたま？　それとも――」

「ここに来る時、針葉樹の並木道があっただろう」

「え？　ええ……。我が家が管理している木ですわ」

「その木の中にキャッスルアントが蟻塚を作っているのが見えた」

普通の蟻はどちらかと言えば、照葉樹や土の中に蟻塚を作る。

対してキャッスルアントは寒さにも強いことから、寒い北国でも棲息《せいそく》している。故に針葉樹の中にも蟻塚を作ることがあるのだ。

「なるほど。勝負はゼレット様がお屋敷に到着した時にはついていたというわけですね。自分の土俵《にわ》に引きずりこんでおきながら負けるなんて…………完敗です」

ラフィナはガックリと項垂れた。

「それより気を付けろ。この辺りキャッスルアントのコロニーができているかもな。冗談ではなく、お嬢さまの屋敷も危ないかもしれないぞ」

「ええ！　それは困ります！」

ラフィナは俺に向かって身を乗り出す。その時、履いている靴が滑り、後ろへと倒れそうになった。

そんな彼女の手を引いたのは、俺だ。ラフィナの頭が地面に付く前に、手元へと引き寄せる。

「あ、ありがとうございます、ゼレット様」

ラフィナの顔は真っ赤になっていた。

さらに俺は侯爵令嬢の腕を引っ張る。ちょっと力を強く入れすぎたか、俺に向かってつんのめると、そのまま胸の中に収まった。

ふわりとラフィナの香水――いや、洗髪剤の匂いが鼻先をくすぐる。

「ごごご、ごめんなさい」

ラフィナは謝ったが、俺はそのまま彼女の腰と背中に手を回し、きつく抱きしめた。

「――――ッ！」

横でオリヴィアが息を呑む。側のリルは我関せずと大きな欠伸をしていた。

「ちょ！　ゼレット様！　さ、さすがにまだ早いのでは……。ひ、人の前ですし。そのわたくし、まだ心の準備というものが――――」

「離さない……」

「え、えええええええ！」

俺はラフィナを強く抱きしめる。

側で見ていたオリヴィアは手を口に当てて、こちらを凝視していた。

「そんな……。ゼレット様？」

ラフィナの頬は背中に背負った夕陽のように真っ赤になっていた。

力が入っていた身体が徐々に弛緩《しかん》していく。

どうやら、ようやく観念したようだ。

「ゼレット様、あなたは一介の食材提供者……。そしてわたくしは、公爵家の令嬢……。それがどういう意味かわかりますか？」

「そんなものは関係ない」

俺は次第に息を乱していた。

動悸もおかしい。明らかな興奮状態にある。

だが、もう抑えきれない。

自分がもう一人いるみたいで、まるで制御できなかった。

「獣のような息づかい。わかりました……。わたくしも覚悟を決めます。わたくし、ラフィナ・ザード・アストワリは家名を捨て、一人の女として――――」

早く俺に、Sランクの魔物を討伐させろ……。

「へ？」

ラフィナは声を上げる。

横で赤い顔をしていたオリヴィアは、百年の恋が冷めたように白けた表情をしていた。

ん？　俺、なんか間違ったことを言ったか。

広い玄関ホールの天井には、巨大なシャンデリアが吊り下がっていた。

奥へと続く廊下に赤い絨毯が敷かれ、猫の毛一本落ちていない。

調度品はどれも品が良く、さりげなく壁にかかっていた当主の肖像画は威厳に溢れていた。

如何にも貴族という屋敷だが、華美であっても派手な印象はない。

むしろ屋敷の中で働く家臣たちのために、動線上の安全が配慮され、その家臣たちも過剰に自分を売り込むことはなく、すれ違う俺たちに向かって軽い会釈をした後、仕事に戻っていく。屋敷、人、すべてにおいて洗練されているように思えた。

俺たちは一旦湯殿で汗を流し、着替えを済ませた後、食堂へと通される。

特注と思われる長机には真っ白なテーブルクロスと、三本の燭台《しょくだい》。さらに皿と食器が並べられ、夕食の準備がすでに整えられていた。

「そんなところに立ってないで、お座りになって」

饗応《きょうおう》役のラフィナが、深いワインレッドのドレスを着て現れる。

トレッキングスタイルの軽装も悪くなかったが、公爵令嬢にはやはりドレスがよく似合っていた。

俺たちに席を勧めると、ラフィナも同様に着席する。

前菜、スープと続き、ついに本日のメインメニューが運ばれてきた。

「これは？」

俺は眉宇を動かすと、ラフィナが説明する。

「ブラドラビットのワイン煮ですわ」

ふわり、と湯気とともに芳醇《ほうじゅん》な香りが立ち上ってくる。

そこに魔物特有の臭味はない。ただただお腹を刺激するだけだった。

「ワイン煮というよりは、どちらかといえばシチューみたいですね。小麦粉を使って、少しとろみがついていますし。人参に、玉葱、湯通しした水菜の彩りがとても綺麗ですぅ。そして何より、メインのブラドラビットの肉の色……。うーん、早く食べたい！」

オリヴィアはブラドラビットの色に感動していた。

先の三つ首ワイバーンもそうだが、敵に警戒したり、緊張したりすると、血に魔力が滲《にじ》み、青くなる。そうすると味に変化が現れ、魔物独特の臭味が出てしまうのだという。

その青っぽい血の色は、煮込んでも焼いても変わらないそうだが、皿の中のブラドラビットの肉は、鶏肉を煮込んだ時と似たような色をしていた。

これはブラドラビットが緊張状態に入る前に、仕留められたという証だ。

「見事だな……」

皿を見ながら、俺は感心した。ラフィナがやったなら相当な腕だ。

「ありがとうございます。ただこの時期のブラドラビットは気性が荒くて、やや風味がきついかもしれません。肉質も硬いので、ワイン煮とさせていただきました」

「お気遣いありがとうございます。早速いただいてもよろしいでしょうか？」

「もちろん」

ラフィナは笑顔で応える。

俺とオリヴィアは早速、ブラドラビットの肉をフォークで刺してみた。

柔らかい……。

野兎は山で潜伏したりする際の貴重な栄養源になる。

何度か食べたことがあるが、それとはまた刺した感触が違う。

早速口に入れ、咀嚼《そしゃく》した。

「うぅぅぅううううんん！　おいしいですぅぅぅううう！」

オリヴィアが歓喜の悲鳴を上げる。俺も全く同感だった。

鶏肉なんてものじゃない。鶏肉の柔らかさに、豚肉の弾力を合わせたような……。

とにかく今まで味わったことのない肉の食感に、軽いショックを受ける。

噛んだ瞬間、溢れる肉汁にまず圧倒された。

咀嚼《そしゃく》を繰り返すと、濃厚な鶏ガラスープのような旨みが口全体に広がっていく。

試しにかかっているスープを掬《すく》って呑んでみたが、よくその出汁がきいていた。

一緒に煮込んだ野菜とブラドラビットの旨みが合わさり、見事な調和を生み出している。

「臭味が全然ないですね」

オリヴィアも驚きを禁じ得ない。

もっと獣臭いことを覚悟していたが。全くそんなことはなかった。

魔物の肉を食する緩やかな時間が流れると、突然オリヴィアの身体が震え始める。

何か魔物を食べたことによる身体の変調かと思い、俺はオリヴィアを覗き見た。

「おい。大丈夫か？」

「大丈夫……です。ぐす……」

と言いながら、オリヴィアは泣いていた。

「何故、泣いている？　そんなにおいしかったのか？」

「だ……だって、このブラドラビットって兎の姿をしてるでしょ」

「あ、ああ……」

「想像したら可哀想になってきてぇぇぇ……。でも、おいしいので、持ってるフォークが反射的に自分の口の中に肉を運んでくるんですよぉ……」

おろおろと泣き続ける。

なら食べなければいいものを……。心配して損した。

結局、俺もリルも、そしてオリヴィアもブラドラビットを完食する。

なかなか食べ応えがあったな。今度は、冬場や秋口のものも食べてみたいものだ。

メインが終わり、残すところはデザートとなった段階で、ラフィナは話を切り出した。

「さて、ゼレット様。我が屋敷にまでご足労いただいたのは他でもありません。あなたに、どうしてもわたくしの口から直接、依頼を申し込みたかったのです」

食事が始まる前に、その話はラフィナから聞いていた。

熱心に依頼書を送っていたのは、ラフィナ自身だったらしい。

「さっきも言ったが、俺はSランクの魔物しか興味がない。Aランクの雑魚など、他を当たってくれ」

「そのようですね。賭けにも負けてしまいましたし。あなたにお願いしていた依頼はすべて取り消させていただきますわ」

「問題は賭けの賞品のほうだ」

「わかっております」

「ラフィナ様、Sランクの魔物の食材依頼なんて出せるんですか？　価格も跳ね上がりますし。そもそもSランクの魔物を探すほうが難しいですよ」

オリヴィアは心配そうに目を細めた。

「いえ。一つ当てがあります」

「というと……？」


リヴァイアサン……。


俺は椅子を蹴って立ち上がった。

オリヴィア、そしてラフィナの視線が集中する。

二人の目に映った俺は、まるで飢えた狼のような顔をしていただろう。

息が荒い。心臓が高鳴る。

その異名は『海竜王《かいりゅうおう》』……。まさに海の王様と呼べるほど、手強い相手だ。

ランクは〝S〟。その中でも特上中の特上と言えるだろう。

相手にとっては不足なしだ。

「ゼレット様、お伺いしますが、リヴァイアサンの討伐経験は？」

「ある。一度だけな」

「すごい……。あの『海竜王《かいりゅうおう》』を倒した経験があるなんて」

オリヴィアは呆然とする。ラフィナも同様の反応だ。

とはいえ、援護がついた状態でだ。複数の冒険者でなんとか討ち取った。

俺としては、一対一でやり合いたかった相手だが、当時はそこまで実力はなかった。

けれど、今なら単独討伐できる自信がある。

「ゼレット様、喜んでいるところ申し訳ないのですが、お話は最後まで聞いていていただけますか？」

「ん？　リヴァイアサンの肉を調達してこいということではないのか？」

俺の質問に対して、ラフィナはゆっくりと首を振った。

「そうではないのです。いえ。場合によってはリヴァイアサンの肉を調達することよりも難しいかもしれません」

「リヴァイアサンをハントすることよりも難しいだと……」

話が全く見えてこない。一体、どういうことだ？

いや、もしリヴァイアサンを討つことよりも難しいことがあるというなら……。それはSランクの魔物を討伐すること以上に、スリリングなことになるだろう。

「もったいぶらずに、はっきりと言え。俺に一体何をしてほしいんだ？」

「では――ゼレット・ヴィンター様、あなたに正式にご依頼したい食材は――」

捕獲難度ランク〝S〟の食材です。

Mamono wo Karuna to Iwareta
Saikyo Hunter,
Ryouri Girudo ni Tenshoku suru

第三章

◆◇◆◇◆　ガンゲル　視点　◆◇◆◇◆

私はチチガガ湾に隣接する漁民街をとぼとぼと歩いていた。

ヴァナハイア王国の要衝《ようしょう》だけあって、それなりに発展しているが、田舎臭い街に変わりはない。

それにしても、暑い……。汗が止まらん。

なんでギルドマスターである私が、現場対応などせねばならんのだ。

こんなもの部下に任せて、私は室内でゆっくり執務をしていたかったのに。

漁師たちめ……。一向に排除されないリヴァイアサンを見て、「責任者出てこい！」と喚《わめ》き散らし、出て行ったら出て行ったで人の話も聞かず、殴りかかってくる始末だ。

私はサンドバックでも、心理カウンセラーでもないんだぞ。

それだけではない。リヴァイアサン討伐のために集めたハンターは、どれもぼんくらばかり。まるで統制が執《と》れておらず、漁民街で盗みを犯すヤツまで現れた。

全く……。これもそれもあのS級――――ゼレットがやめたせいだ。

あいつの馬鹿げた能力なら、現場に来て数時間もせずにリヴァイアサンを討ち取ったことだろう。口を開けば「Sランクの魔物」しか言わない低能だったが、狩猟能力は私が見た中で一番だった。

体《てい》のいい駒だったのに……。何もやめることはないだろう。

泣いて許しを請えば、少しは譲歩してやったというのに馬鹿なヤツだ。

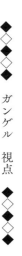

「あんた、ハンターギルドのギルドマスターだな」

住民説明会が終わり、近くの食堂で昼飯を終えた私は、数日前から宿泊している宿に戻ろうとしていた。その道すがら、漁師と思われる人間に囲まれる。

不穏な空気を感じながら、私は努めて冷静に顎の汗を拭き、猫背になりがちな背筋を伸ばした。

口髭の端を伸ばし身綺麗にすると、愛想笑いを浮かべる。

「そ、そうですが……。何かございましたか？」

「あんたが連れてきたハンター！　うちの漁船を勝手に使いやがった」

「しかし、事前の話し合いでは、リヴァイアサンを追い払うために、船を無償で貸与《たいよ》いただけると」

「言った！　けどな！　俺たちに何の断りもなく船の係留縄《けいりゅう》を解いて、沖に出ちまった。あれは俺たちの商売道具だ！　手前勝手に持ち出されては困る！」

「申し訳ない！」

「あと壊れた時の漁船の修理代は出るんだよな」

「そ、それは………今、漁業ギルドと交渉中でして……」

「ふざけるな！　保証もなしで、船を預けられるか！」

そうだ！　そうだ！　と漁師たちは腕を振り上げた。

騒ぎを聞きつけた漁師たちがどんどん集まり、声を上げる。

血気盛んな漁師たちの目を盗み、私はなんとか脱出に成功した。

こういう騒ぎが、ここ数日何度も続いている。ちょっと視線が合うだけで、いきり立った漁民たちが突っかかってくるような状態だ。まともに通りも歩けないから、こっちは遠回りになる海沿いの道を選んでやっているのに、馬鹿どもめ。

せめていい女と酒が飲める娼館ぐらいあれば心が癒やせるものの、どこもリヴァイアサンの影響で店を閉めていた。これが国の三割の水揚げ量を誇る港町とはな。

「くそ！　何一つ良いことがないではないか！　こうなったら、適当に理由を付けて帰るか。そうだ。私はギルドマスターなんだぞ。こんなかび臭い街に、いつまでもいられるほど暇じゃ……ん？」

声が聞こえる。

それも喧《かしま》しい乙女の声だ。しかも若い……。

おお！　そうだ！　ここには海があるではないか。

海と言えば、海岸！　夏の海岸と言えば、海水浴！　海水浴の定番と言えば、水着だ！

そして水着といえば、女子《おなご》のキャッキャウフフ……。

ぐふふふ……。何故、私はこの法則に今まで気付かなかったのだろうか？

早速、目の保養をさせてもらうこととしよう。

基本、チチガガ湾は岸からすぐ人が立てないぐらい深くなっているが、一部だけ範囲は狭いものの遊泳を許可されている海岸もある。

実際、そこは雇ったハンターたちの根城にもなっていた。

早速、私は砂浜から聞こえる声のあるほうと近づいていった。

「おお……！」

思わず鼻の下が伸びる。

海岸にいたのは、三人の美女だった。

一人は金髪のエルフだ。真っ白な肌を夏の太陽にさらし、一生懸命ビーチボールを追いかけている。まだまだ未成熟な部分があることを自覚しているのか、やや布地が多めのセパレートタイプの水着には恥じらいを感じる。そこがまたグッドだ！

二人目は、珍しい青い髪をした少女だった。おそらく人魚族の血が混ざっているのだろう。残念ながらまだまだお子様体型だ。だが、一体誰が選んだのか、シックな競泳水着に「おりぢぃあ」と書かれているところは、個人的にかなり点数が高い。

なかなかレベルの高い着こなしに、思わず感心してしまうほどであった。

最後の三人目には最高点をあげたい。

やや濡れそぼった美しい黒髪に、私の目は一瞬にして奪われた。

時折覗くうなじは象牙のように白く、顔の半分を覆う鮮やかな色眼鏡がよく似合っていて、パレオの水着と相まり、ハイソなお嬢さまを演出している。

美女というには、少々幼い気もしなくはないが、十分私の目の保養になった。もういっそのことお近づきになるか？　そうすれば、こんな港湾街に滞在しているのも、ちょっとは楽しく――。

思惑を膨《ふく》らませていると、突然海岸に大波が押し寄せてきた。

「な、なんだ？」

いや、違う。波ではない。

何か巨大なものが海中からせり上がってくる。まさかリヴァイアサンか！

大きな音を立てて現れたのは、巨大な魚だった。確かソードシャークというBランクの魔物だ。獰猛《どうもう》な海の殺し屋。頭の先に付いた剣のような角は、岩礁《がんしょう》すら簡単に切り裂くという。

リヴァイアサンほどではないが、厄介な海の魔物である。

どうやらソードシャークはすでに死んでいるらしい。すると、腹の下から人が現れる。大きな看板でも掲げるようにソードシャークを持ち上げていたのは獣人の娘だった。

「げぇ！　あいつは!!」

赤髪から覗く赤い耳。燃えるような紅葉色の瞳と、大きな尻尾。

大人二十人分ぐらいあるソードシャークを、軽々と持ち上げる出鱈目《でたらめ》な膂力《りょりょく》。

「プリム！」

あの獣人娘がいるってことは……。

「ししょー、獲物を捕ってきたよー」

プリムはパラソルの下で読書をしていた男のほうに、手を振る。

見覚えのある漆黒の髪が浜の風に揺れていた。

季節を勘違いしているとしか思えない黒のコートは、見ているだけで汗が噴き出してきそうだ。

「げぇ！　ぜ、ゼレット!!」

夏の浜辺で、あんな恰好をしているエルフなど、オールドブル広しといえど、ヤツしかいない。

「ゼレット様ぁ！　ゼレット様もこっちに来て遊びませんか？」

手を振ったのは、あの黒髪の令嬢だった。

「身体を目一杯動かすと、気持ちいいですよ」

と今度は青髪のちびっ娘《こ》。

「それよりも、その黒コートを脱いだら……。見てるこっちが暑くなってくるわ」

最後にエルフの少女が、げっそりした顔でゼレットに声をかけていた。

どどどどど、どういうことだ!?

あ、あのゼレットが女連れだと！

Sランクの魔物を倒すしか脳がないアイツが、女連れ!?　しかも、全員美少女って……。

よく見ると、パラソルの下で奴は完全にくつろいでいた。

瀟洒《しょうしゃ》なビーチチェアに寝そべり、数種類の果実を混ぜ合わせたトロピカルジュースを啜っている。

さらにサイドテーブルに手を伸ばすと、やたらとマンゴーが盛られた金色のデザートをスプーンで掬い、シャクシャクと小気味良い音を立てて味わっていた。

まるでお貴族さまのバカンスである。

「あ！　ししょー、ブ○だよ。○タマスターがいるよ！」

呆気に取られていると、プリムが私のほうを指差した。

「○タではない！　私の名前はガンゲルだ！　何度言ったらわかる、アホ獣人」

反射的に言い返す。

ゼレットはサングラスを取って、私のほうを向いた。他の娘たちも、こちらに視線を向ける。

完全に視認されてしまった私は、コソコソするのを止めて近づいていった。

「よ、よう！　久しぶりだな、ゼレット。随分と羽振りのいい暮らしをしているみたいじゃないか。美女を三人も侍《はべ》らせやがって」

「何の用だ、ガンゲル。お前とは、縁を切ったはずだが」

相変わらず社交辞令が通じない男だ。

「そうツンケンするなよ。どうせお前、リヴァイアサンの噂を聞きつけて、やってきたんだろ？　どうだ？　今からでもハンターギルドに戻らないか？　あいつを追っ払ってくれたら、200万グラを報酬として支払おう。……お前のことだ。どうせまだ就職先が見つかってないんだろう？」

ゼレットが行きそうなギルドには、私自ら声をかけて売り込んでおいた。「上司の言うことを聞かない問題児」とな。おそらくこいつは、未だに無職のはずだ。

今羽振りが良さそうに見えるのも、ハンター時代の貯金を切り崩して見栄を張っているだけだろう。

もしくは、あの女たちのヒモにでもなったか。それはそれで羨ましい……。

認めたくはないが、ツラだけはいいからな、この魔物マニア（Sランク限定）は。

「断る」

「は？　200万グラだぞ！　金が欲しくねぇのか？　なあ、ゼレットよ。いい加減強がりはよせ」

私はゼレットに向かって、手を伸ばす。

その私の手を払ったのは他でもない。例の黒髪美少女だった。

「わたくしが雇った食材提供者に、その汚い手で触らないでくれますか？」

「な、何を？」

「それにゼレット様は、２００万なんてはした金で動くようなお方じゃありませんことよ」

「な、なんだと！」

私はつい美女に向かって声を荒らげる。

しかし、その後ろにはプリムと他二人の少女も立っていて、私のことを睨んでいた。

「それぐらいにしておいてやれ、ラフィナ」

「ラフィナ？　どこかで聞いた覚えが、はっ――まさかアストワリ家の!?」

「はい。ラフィナ・ザード・アストワリと申します」

公爵令嬢はパレオの裾を掴み、頭を下げた。

馬鹿な！　公爵令嬢だと！　それがなんでゼレットと関わりがあるんだ。

「わかったか、ガンゲル。お前にも、沖に出現したリヴァイアサンの討伐にも、俺は興味などない」

「な！　お前が、Ｓランクの魔物に興味がない？　冗談も休み休みに言えよ！　公爵令嬢に雇われているからって図に乗りやがって！」

「事実だ。そもそも俺たちがチチガガ湾に来たのは、別の物を狙っているからだ」

「別の物？　それは一体――」

「卵だ」

「は？　卵？？」

「そうだ。リヴァイアサンの卵…………」

百年に一度の産卵を狙って、俺たちはここにやってきたのだ。

ゼレットは真顔でそう言った。

◆◇◆◇◆　ゼレット　視点　◆◇◆◇◆

話はアストワリ家の食堂まで遡《さかのぼ》る……。

「リヴァイアサンの卵、だと……」

俺は依頼内容をラフィナの屋敷で聞いて、眉宇《びう》を動かした。

リヴァイアサンのことなら身体の隅から隅まで熟知しているが、卵のことは初めて聞いた。

そもそも産卵することすら俺は知らなかったのだ。

魔物の繁殖方法は、未解明の部分が多い。魔物すべてに言えることだが、リヴァイアサンはほ乳類でもなければ、魚類でもない。魔物は魔物なのだ。個々の種族で卵生《らんせい》か胎生《たいせい》か、あるいは卵胎生《らんたいせい》か、一概に決めつけることができないのである。

ラフィナはまずチチガガ湾にリヴァイアサンが棲《す》みついたと、教えてくれた。

実は、それもおかしな話なのだ。

リヴァイアサンは基本的に人間が住む陸地には近づかない。

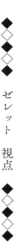

いくらチチガガ湾がどん深《ぶか》な地形になっているとしてもだ。

「実はリヴァイアサンが陸地に近い場所に現れた文献は、歴史書の中に度々出てくるのです。しかも、百年ごとに……」

「百年ごと……？　まさか――」

「察しの通りです。わたくしたちは、これがリヴァイアサンの産卵の周期ではないかと考えております。そして精査したところ、一番近い陸地周辺でのリヴァイアサンの目撃情報から、今年で百年を迎えるのです」

「確定というわけではないのだろう？」

「はい。ですが、かなり確度は高いと考えております。実際、三百年ほど前には、リヴァイアサンの卵を食べた姫騎士の伝承が今も残っておりますので」

「すでに食べた人がいるんですか!?」

オリヴィアが素っ頓狂な声を上げる。

俺は黙って聞いていたが、内心では驚いていた。

まさか三百年前に、魔物を食べていた人間がいるとはな。

「ええ……。非常にふわふわで、もちもちだったと……」

「ふわふわ……。もちもち……」

ラフィナがうっとりしながら口にすると、オリヴィアはずるりと唾を呑んだ。

「実は、その姫騎士は、我がアストワリ家と深く関わりのある御仁でして。わたくしが興味を持ったのも、その騎士様の生涯を描いた伝記を読んだからですわ。以来、いつか食べてみたいと調査を続けていたら――――」

「魔物食に出会った、というわけか」

ラフィナは頷き、俺のほうに真剣な眼差しを向けた。

「小娘の我が儘《まま》だと思われるかもしれません。ですが、わたくしの夢の一助となり、依頼を受けていただけないでしょうか？　この通りです、ゼレット様」

ラフィナは艶やかな黒髪を揺らしつつ、俺に頭を下げた。

その姿に、同席したオリヴィアは息を呑む。

俺は平民で、今頭を垂れているのは公爵令嬢だ。地位あるいは身分の高いものが、下々に頭を下げることなど滅多にない。いや、あってはならないことだ。

ラフィナはそれでも頭を下げ、懇願《こんがん》した。

それは並々ならぬ覚悟があってのことだろう。

「さっきの勝負……」

「さっきのって……。庭での賭け事のことですか？」

「そうだ。あの勝負、本来であれば、俺も食材となる魔物を捕ってくるべきだった」

「いえ。別にそう規定はされていなかった、と思いますが……」

「明確に指示されたわけではないが、察することはできたはずだ。結果、ラフィナ嬢はブラドラビットを、俺はキャッスルアントを捕獲した。ランクとしては、俺が上だが、食材としては不適当だ。

よってあれは、引き分け。そして引き分けは、俺の負けだ」

「じゃあ、ゼレット様。依頼を引き受けてくれるのですか！」

ラフィナは立ち上がると同時に、最後のデザートが運ばれてきた。

興奮気味の公爵令嬢を見て、給仕たちの動きが一瞬止まる。

「ああ……。ただし、受けるのはこの依頼だけだ」

「ありがとうございます、ゼレット様！」

またラフィナが頭を下げようとすると、俺はそれを手で制した。

「貴族がそう何度も頭を下げるものじゃない。ラフィナ嬢、あんたは貴族だ。安売りをしていると、つけ上がる者もいるぞ。それに、リヴァイアサンの卵を捕獲できれば、未来のリヴァイアサンを討伐したことになる。『Sランクの魔物を討伐する』という俺のポリシーにも反していないからな」

「ふふふ……。それってちょっと無理筋じゃないですか？　『俺もリヴァイアサンの卵に興味がある』って素直に言えばいいのに」

オリヴィアが口を押さえて笑う。

否定はしない。確かに興味がある。

リヴァイアサンの卵――その産卵については大いにな。

狩りにおいて、獲物の情報はどんな些細なものでも見逃さないのが、俺のポリシーだ。そして獲物の産卵はかなり貴重な情報でもある。この機を見逃せば、俺はリヴァイアサンのすべてを知ることができなくなるだろう。

そう――――すべては獲物を狩るためなのだ。

「では、早速依頼料のお話をしましょう」

「こ、ここでですか？　シャーベットが溶けてしまいますよ」

「鉄は熱いうちに打てと申しますでしょう？　ゼレット様の気が変わらないうちに、商談をまとめておきたいのですよ」

ラフィナは給仕に合図をして、小切手を用意させる。

そこに自ら金額を書き加えた。

「これでいかがでしょうか？」

給仕を経由して、俺に小切手を差し出される。

「――――ッ！」

さすがの俺も冷静ではいられなかった。

二の句を告げることもできず、小切手に書かれた金額を見て固まる。

石像のように動かなくなった俺の横から、オリヴィアが小切手を覗き見た。

「どれどれ…………。え？　えええええええええええ!!」


に、2000万グラ！

郊外なら小さな庭付きの一軒家を、ポンと買えてしまえるほどの大金だ。

それを簡単に小切手で切ってくるなんて。公爵家というのは、よほど裕福なのだろう。

「すごい！　すごいですよ、ゼレットさん。間違いなく、今期の最高取引金額ですよ！」

オリヴィアも興奮を抑えきれない。

目が金貨のように光っていた。

「あら？　それで満足なんですか？」

興奮し、思わず手をつないでしまった俺とオリヴィアを見ながら、ラフィナは首を傾げる。

その言葉に、俺とオリヴィアは同時に固まった。

「ど、どういうことだ？」

「他にもオプションがあるってことですか、ラフィナ様」

「何を言っているんですか、二人とも。仮にリヴァイアサンの卵を食べるということは、歴史に名を残す大偉業なんですよ。この期を逃せば次に食べられるのは百年後……。一生に一度の神秘的な体験になるでしょう。それが２０００万なんて安すぎるとは思いませんこと？」

「え？　じゃあ……」

オリヴィアの口が自然とだらしなく垂れ下がった。

「それは前金です。……残りの２０００万グラは現物と引き替えに支払わせていただきますね」

ま、ま、前金だとぉぉぉぉぉぉぉおおおおおおおお!!

……そ、そう言えば、取引にはそういうシステムがあったことを今思い出した。

いや、そもそもだ。俺がハンターとして独り立ちした頃ぐらいは、前金をもらっていた。

魔物を狩るためには入念な準備が必要になる。そのための資金として前金の制度が残っていたのだ。

しかし、次第にギルドの経営が下降線を辿るに連れ、支払いは後払いとなり、ついには支払いが一ヶ月後という依頼まで現れ始める。

言わば、前金制度は俺にとって古き良き時代の支払い制度なのだ。

「い、一応聞くが、万が一俺が失敗した場合、この2000万は返さなければならないのか？」

俺は恐る恐る尋ねるも、ラフィナはニコリと笑って首を振った。

「いいえ。危険な依頼ですもの。準備にもお金がかかるでしょ？　これぐらいの前金は当然かと」

天使の生まれ変わりか！　いや、天使そのものか。

薄目で見ると、ラフィナから後光が差しているように見える。

まさか取引相手が神の眷属だったとは！

「ご満足いただけましたか？」

「あ、ああ……。むしろもらい――――いや、なんでもない」

「ふふ……。じゃあ、契約成立ですわね」

ラフィナは俺に握手を求める。

俺も手を差しだし、テーブルを挟んでがっちりと握り合った。

まさか4000万グラの依頼とはな。

先日の三つ首ワイバーンといい。下手をしたら、ハンターやっていた時の総額の半分ぐらいは、もう稼いでしまったかもしれない。

ヤバい……。身体が勝手に震えてきた。さすがに興奮が抑えられん。

金額を見て、こんなに動揺し、胸を躍らされたのはいつ以来だろうか。

結局札束で叩かれただけのような気もするが、内容としては悪くない。

リヴァイアサンの卵の捕獲。楽しませてもらうことにしよう。

「はあ……。良かった。ゼレット様が依頼を受けてくれて」

ラフィナはホッと胸を撫で下ろした。

よっぽど気がかりだったのだろう。安心しきると、軽快にデザートのシャーベットを頬張り始めた。

まるでその胸の熱い想いを、冷やすようにだ。

俺もオリヴィアも、シャーベットに手を付ける。

一流の料理人が作っているだけあって、甘さ控えめで上品な味がした。

つと手が止まる。

おかしい。何か忘れているような気がするのだが……。

……………ま、いいか。

そして俺もまたシャーベットを頬張るのであった。


一方、その頃――――。

「あっっっれ～～？　ここどこだろ？」

プリムは辺りを見渡した。

すでに夜の帳《とばり》がおり、辺りは真っ暗だ。

振り返ると、荒涼とした砂漠が地平の彼方まで続いている。

「おかしいな？　ボク、食材を探しに出ていって……うーん。ま、いっか！」

プリムは考えるのをやめる。

そのまま世界の半周分の距離を歩いた彼女は、四日後にゼレットが住む宿屋『エストローナ』に帰還するのだった。


「よ、4000万グラ、だと……」

話を聞き終えたガンゲルは、ガッと口を開いた。

自分が提示した金額の二十倍以上なのだ。さすがにショックを隠せないだろう。

貧乏ギルドのギルドマスターには、一生縁のない金額のはずである。

その途方もない額を聞いて、最終的にガンゲルは考えることもやめたようだ。

「お前は騙《だま》されてるぞ、ゼレット!!　魔物に4000万グラなんて出すヤツがいると思うか？」

「あら？　それって、アストワリ家がゼレット様を騙していということでしょうか？」

「いえ。それはそのぉ……」

今度はラフィナが、ガンゲルに詰め寄る。

ラフィナが明確に表情に出すことはなかったが、逆に冷ややかなところが余計に怖い。

先ほどまで、俺に対して目くじらを立てていたガンゲルだったが、すっかり縮こまってしまった。

この内弁慶のギルドマスターの座右の銘《めい》は「長いものには巻かれろ」だ。

ナイフや魔法よりも、身分という武器が一番効く。公爵令嬢ともなれば、効果覿面《こうかてきめん》だろう。

それにガンゲルは「リヴァイアサンを追っ払う」と言った。討伐するとは一言も言っていない。

おそらくリヴァイアサンを殺すことは、依頼主からお願いされても、後ろ盾である貴族たちからは許可されていないのだろう。

「あら、こんなところにいた。なに油を売ってんのよ、ガンゲル」

キツい香水の匂いが鼻を突く。

パラソルの下で寝そべっていたリルが頻《しき》りにくしゃみをし、やや恨みがましそうに首を伸ばした。

俺の視界の隅に入ってきたのは、一人の淑女である。

ガンゲルが言っていた新しいパトロンか。高価な服を着た海象《せいうち》みたいな女だな。

本来ゆったりしたサイズで着こなすサマードレスがパンパンに膨らみ、熟成中のハムみたいだ。

「ヘンデローネ侯爵夫人！　ど、どうしてここに？」

ガンゲルは血相を変えて、ヘンデローネと呼んだ侯爵夫人にすり寄る。

「あなただけに任せておくのは頼りなくて、わざわざ来てみたのよ。――で？　あたしの船はいつ出航できるの？」

「もう少しでございます、ヘンデローネ様。い、今しばらくのご辛抱を」

ガンゲルはそのまま火でも起こせるのではないかと思うほど、揉み手を擦る。

気色悪い営業スマイルを一瞥したヘンデローネは、軽く舌打ちをした。

周りのハンターがまごまごしている姿を見て、さらに腹が立ったらしい。

「雁首を揃えて使えないヤツらねぇ。魔物一匹追い払うのにいつまでかかってるのよ。船でも出して、沖のほうに誘導すれば済むことじゃない！」

「た、確かに！　ごもっとも！　早速、漁師から船を――――」

「だったらお前の船でやればいい。できるものならな」

俺は「高級完熟マンゴーとライチ&ココナッツのソルベパフェ・スパークリングシャーベットとカルダモンの香り」という、やたら長いデザートを頬張る。

マンゴーのとろけるような甘さ。

少しワインが入ったかき氷はシャキッとして、暑い夏にピッタリのデザートだった。

「何、この男？」

ヘンデローネは眉を顰《ひそ》める。

「こいつの名前はゼレット。うちの元S級ハンターです」

「ああ……。噂は聞いているわよ、元S級ハンターさん。Sランクの魔物しか討伐しないそうね」

「それがどうかしたのか？」

「あのね……。魔物は一つの生命よ。特にSランクの魔物は賢いし、人間よりもずっと昔から生きてきた、言わばあたしたちの先輩なの。そんな貴重な命を、人間の住み処が荒らされたぐらいで目くじらを立てるなんて、自分たちがどれだけ強欲で愚かなことをしているか、わからないのかしら」

おいおい。こいつの記憶量は、一体どうなっているんだ。

話を聞く限り、ヘンデローネの船が港にあって、リヴァイアサンのおかげで出航することができない。そのため、リヴァイアサンをさっさと追い払えと言っていたのは、どこの誰だ？

ヘンデローネの話を聞きながら、俺はおろかオリヴィアも、パメラも、ラフィナも唖然としていた。

気にしていないのは、波打ち際で砂の城を建てているプリムぐらいだろう。

「ご無沙汰しております、ヘンデローネ侯爵夫人」

話に割って入ったのは、ラフィナだった。

パレオの裾を掴みつつ、典雅《てんが》に挨拶をする。

「どこの馬の骨かと思ったら、アストワリ公爵家のご令嬢じゃありませんか。はしたない恰好をしているからわかりませんでしたわ、おほほほほ」

ヘンデローネの舌鋒《ぜっぽう》は、公爵令嬢を前にしても留まらない。

水着姿のラフィナを一刀両断し、みっともないとばかりに扇子の中に顔を隠してしまった。

俺から言わせれば、ラフィナの水着姿よりも、ボンレスハムみたいな状態のヘンデローネの恰好のほうがはしたないと思うのだがな……。

「これは失礼いたしました。確かに淑女から外れた行為かもしれませんが、この姿こそがもっとも人間の生まれた姿、あるいは原初の姿に近いとわたくしは感じますわ。服を着飾るのも、人間の本来の姿から外れ、ましてそれを強要することもまた強欲と思いますがいかがでしょうか？」

ラフィナは笑顔で質問を返してみせる。

相手の人となりをそれなりに熟知しているのだろう。

一方ヘンデローネは十代の娘の落ち着いた返しにも顔色を一つ変えず、鼻息だけで一蹴した。

「ふん。偉そうに……。公爵様も随分と変わった教育をされたのね」

「よく父から言われます。『口喧嘩では、お前と母さんには勝てない』と……」

「もういいわ。それでアストワリ家の公爵令嬢が、こんな所で何をしているのかしら？」

「投資先の確認に、ですわ」

「投資先？ ああ。そう言えば、あなた料理ギルドのパトロンをなされているのでしたね。まもの、い、いしょくでしたか？ 社交界を席巻しているとか。命を食すなんて、なんとおぞましい」

「あら？ 牛や豚だって命ですわ」

「何も犠牲になる命の種類を増やす必要なんてないでしょう。牛や豚だけで十分生きていけるのですから」

「食欲とは人間の純粋な本能であり、食に対する探求心もまた同じだとわたくしは考えております。本能に逆らうことは、己をなくす行為と同じです」

ラフィナは怯《ひる》まず、むしろ挑戦的な視線を投げかける。

相手が公爵令嬢とて一歩も引かないヘンデローネもそうだが、自分よりも遥かに年上で社交界に顔が利く重鎮《じゅうちん》を前にして、舌戦に負けないラフィナもラフィナだった。

「それは本能じゃないわ。強欲というのよ、小娘」

「あら、小鳥だっておいしそうな木の実かそうでないかぐらいは選別しますわ。美食を探求することは、生き物として自然なこととは思いますが？」

「本当に生意気な娘だこと」

「それは褒め言葉と受け取っておきますね」

二人の間にバチバチと火花が散る。

しばらく睨み合った後、最初に目を切ったのはヘンデローネのほうだった。

「何を考えてるか知らないけど、リヴァイアサンは討伐させないわ。まして食べるなんて以ての外よ」

「我々の目的は、正確にはリヴァイアサンではありませんのでご安心を、侯爵夫人」

そして侯爵夫人と公爵令嬢は、互いに背を向けた。

緒戦は引き分けといったところか。

それにしても、女の戦いは怖い。

二人の火花を消すことよりも、Sランクの魔物を討伐するほうがよっぽど安易に見える。

「何、あれ……!?　感じ悪い、ベーだ！」

二人の戦いを眺めていたパメラは舌を出す。

オリヴィアは心配そうにラフィナを見つめた。

「よろしかったのですか、ラフィナ様。お立場を悪くされるのでは？」

「ご心配なく……。社交界ではあれぐらいの小競り合い、日常茶飯事ですから」

「ラフィナ様のほうが爵位は上なのに、なんであんな口が聞けるのかしら」

「爵位が上でも、わたくしは当主ではありません。対するヘンデローネ夫人は正統な侯爵家の当主。しかも、社交界にて一定の影響力を持つお方です。その方からしたら、わたくしは名前だけが大層な鼻持ちならない小娘なのでしょう」

お冠《かんむり》なご様子のパメラに、ラフィナは冷静な分析を披露してみせた。

「とはいえ、ギルドマスターも含めて思ったよりも強情な方々ですね。ゼレット様が嫌気を差して出て行ったのも頷けますわ」

「それよりも皆さん、随分と静かじゃありませんか？」

疑問を呈したオリヴィアは、海のほうを見つめていた。

今日の海は穏やかで、波も一定のリズムを刻み、浜辺に打ち寄せている。

ついウトウトしてしまいそうなぐらいのんびりとした空気が漂っていた。

騒動のおかげで、海水浴客は俺たちぐらいで、あとはギルドに召集をかけられたハンターだけだ。

そのハンターたちも息を潜め、獲物を待っているという状況だった。

「リヴァイアサンが活動しているとは考えられないぐらい、海は穏やかだな」

「それはわたくしも気になっておりました」

「本来なら、こんなところで遊んでいる場合じゃあないんだよね」

パメラは誤魔化すように持っていたビーチボールを後ろ手に隠す。

「もしかしてリヴァイアサン、ハンターに恐れをなして逃げたとか？」

「それはないな。ここにいるヤツらは全員雑魚だ。この程度のヤツらに、リヴァイアサンが恐れをなすわけがない。まあ、あながち間違いではないだろうが」

「もしかして、ゼレット……。自分がいるからだとか言うんじゃないでしょうね」

パメラはビーチチェアでくつろぐ俺に、ジト目を向けた。

「半分正解……」

「半分？　じゃあ、正解は？」

「リルを恐れているんだよ」

俺は手を伸ばし、モフモフの毛を撫でる。

リルは神獣の末裔《まつえい》だ。その気配は強大で、特に高ランクの魔物となれば敏感に警戒する傾向にある。言わば、この状況はリルが生み出した見えない結界による静けさなのだ。

「リル、すごい！」

パメラはリルに飛びつき、銀の毛をわしゃわしゃと撫でて褒め称えた。

毛の柔らかさの虜になったパメラは、リルの身体に餅のようにくっつき、そのモフモフを堪能する。

ついには語彙を消失し、「モフモフ」としか言えなくなってしまった。

「ですが、我々の目的はリヴァイアサンの卵。沖にいられては、卵の在処《ありか》がわかりませんわ」

「そうです、ゼレットさん。産卵を諦めて、違う場所に移動した可能性だって」

「リヴァイアサンはそんな柔な魔物じゃない。リルが無害だと確認できれば、必ず湾内に入ってくる」

そして、その瞬間はそう遠くはないと、俺は確信していた。

◆◇◆◇◆　ヘンデローネ　視点　◆◇◆◇◆

ああ……。暑かった。

なのに何の成果もなかったなんて、屈辱以外の何ものでもないわ。

屈辱といえば、何なのあの元ハンター！　そして公爵家の令嬢は!!

特にあのラフィナとかいう小娘は生意気よ。当主はどういう教育をしているのかしら。

今度パーティーの席で見つけたら、数人で囲んでいじめてやるんだから。

それにしても今日泊まる宿ってここなの？　かび臭くて鼻が曲がりそうよ。

夫に綺麗だねって褒められた鼻が、豚鼻になったら、宿主は責任を取ってくれるのかしら。

肌もヒリヒリするし。もっとたくさん日焼け止めを塗っておくべきだったわ。

「ほら、もっと強く扇ぎなさいよ」

「は、はい！　すみません、ご当主さま」

あたしは水を飲みながら、連れてきた側付きに怒りをぶつけた。

如何にも垢抜けない田舎娘は、慌てて扇を強く扇ぐ。

「この水も、なんでこんなに温《ぬる》いのよ。もっと冷たいのないの？」

「申し訳ありません、当主様。今、水を凍らしている最中でして」

「言い訳なんて聞きたくないわ！　とっとと取り替えなさい！」

「かしこまりました！　今すぐ!!」

別の側付きが、グラスごと下げると、部屋を出て行った。

代わりに入ってきたのは、ガンゲルだ。

相変わらず営業スマイルが下手ね。森に住むゴブリンのほうが、もっと愛想よく笑えるわ。

「何よ、ガンゲル。リヴァイアサンは追い払えたの？」

「それが……まだでして――」

ガンゲルは頭を下げる。

「じゃあ、なんでここに来たの？」

「実はお耳に入れたいことがありまして」

「しょうもないことだったら、リヴァイアサンの餌にするわよ」

「自信がございます」

ガンゲルは目を光らせ、滔々《とうとう》と語る。

確かにそれは興味深い話だった。

どうやら料理ギルドは、リヴァイアサンの卵を捕獲しようとしているらしい。

それを聞いた時、あたしの魅惑のボディは震えた。

おぞましい……！　人間が食べるために、卵を捕獲しようなんて……。許せないわ。

「あと、リヴァイアサンがここ数日大人しいのは、ゼレットが連れてる神獣のせいのようです。おかげで海は穏やか――――」

「沖にリヴァイアサンがいることは確かなんでしょ？　それじゃあ、何の解決にもならないわ！　ノコノコ船を動かして、リヴァイアサンにあたしの船が潰されたら、あんたが弁償してくれるの？」

「も、申し訳ありません」

ガンゲルは慌てて頭を下げ、縮こまる。

「しかし、ヘンデローネ様……。このまま沖に留まられては、集めたハンターも形無しです。リヴァイアサンは海では無類の強さを誇ります。チチガガ湾に引きずり込み、ある程度地上からの援護が見込めない限り難しいかと」

「あなた、馬鹿なの！　そんなことをして、リヴァイアサンを傷付けたらどうするのよ？　あなた、責任を取れるの？　かけがえのない命の責任を！」

「て、手を出さずして、追い払うことは難しいかと。リヴァイアサンが諦めるのを待つしか……」

「それよ」

あたしはパチリと指を鳴らす。

「リヴァイアサンに諦めてもらえばいいのよ」

「ど、どうやって？」

「そんなもの、あんたが考えなさい。要はチチガガ湾がとても危険な場所だって知らせればいいのよ。ほら！　あるじゃない！　匂いとか音とか使って」

「匂い……。音……ですか！　か、かしこまりました！　このガンゲルめにお任せあれ」

ガンゲルは深々と頭を下げて退室していく。

全く頭が悪い男だわ。あれでギルドマスターなんて信じられない。

野蛮なハンターの上司なんだから、何も考えずに魔物を虐殺してきたんでしょうね。

暑いわ、暑い……。

「ちょっと！　まだ冷たい水は来ないの⁉」

はあ……。また一段と暑くなったわね。

◆◇◆◇◆　ゼレット　視点　◆◇◆◇◆

チチガガ湾にキャンプを張って、三日が経とうとしていた。

最初は海水浴を楽しんでいたパメラたちも、少々飽きてきたらしい。

特に何をするでもなく、ぼうと海を眺めていることが多くなった。

俺はビーチチェアでくつろぎ、もらった前金を使って、優雅に過ごしていた。

おかげで少し太ってしまったので、今朝は浜辺をぐるりと走ってきた。

プリムがせっせと作っていた砂城が、二階建ての建物ぐらいになろうとした時、それは始まる。

今日は浜辺にいないと思っていたハンターたちが、手漕ぎの小舟に載って、海へと繰り出していく。

リヴァイアサンがいる沖には出ず、湾内に留まると、突然煙を焚き始めた。

煙は湾内の複雑な気流に乗って滞留する。しばらくしてチチガガ湾は紫色の煙に包まれた。

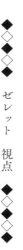

「ごほごほ！　ちょ！　何よ、これ！」

セパレートのワンピース水着の上から上着を着たパメラが、手で煙を払う。

「全くもう……。突然、なんですの？」

ラフィナもむせ返っていた。

『ワァウ!!』

俺の側にいるリルも盛大にくしゃみをする。立ち上がるなり、煙に向かって吠え立てた。

「ゼレットさん、この煙って……」

「不魔《ふま》の香りだな」

不魔《ふま》の香りとは、別名『魔除《まよ》け香《こう》』と言われ、魔物を寄せ付けないために焚《た》くお香のことである。

魔物除け用で、人間には無害といっても、煙であることに変わりはない。

吸い込めば咳き込むし、目も痛くなる。

少量ならまだいい。しかし湾内に充満するほどの量ともなれば、害はないとは言い切れない。

「ふはははははははは！　ゼレット、見たか!!」

唐突に現れたのは、顔面を覆うガスマスクをした男だった。

声からしてガンゲルだ。昨日、ヘンデローネの前では形無しだった男は、今日は胸を張り、マスクの中で笑い声を響かせていた。

「これだけの『不魔《ふま》の香り』を嗅がせれば、リヴァイアサンも逃げ出すに違いない。少なくとも、この湾では卵を産む気すら起きんだろう。さあ、逃げろ逃げろ、リヴァイアサン！」

「ちょっ！　そのためにこんなことを！」

「営業妨害ですよ！」

料理ギルドに属するパメラとオリヴィアが揃って、声を上げる。

「営業妨害？　そんなわけがない。我々は漁師の依頼を聞いて、リヴァイアサンを追い払っているだけだ。変な言いがかりは止めてもらおうか」

「言いがかりですって!!」

パメラはますます目くじらを立てる。

煙の中で佇む怪しいマスク姿のガンゲルに、鋭い眼光を光らせた。

そこにヘンデローネ侯爵夫人も加わる。

ガンゲルと同じマスクをしているのだが、顔が大きすぎて、明らかにサイズが合っていない。

マスクの横からは、長年ため込んだ皮下脂肪がはみ出ていた。

「うまく行ってるようね、ガンゲル」

「はい。侯爵夫人の目論見通りです」

ガンゲルはスリスリと揉み手をする。

そこに噛みついたのは、ラフィナだった。

「ヘンデローネ侯爵夫人……。少々やり方が大胆すぎませんか？　現に煙を吸って気分を悪くしている街の方もいらっしゃいます。せめて、作戦をやる前に説明を――――」

「体調不良なんて一時的なことよ。それにこれでリヴァイアサンが追い払えるなら、漁師も願ったり叶ったりじゃない。何事にも犠牲は付きものよ」

「その犠牲を防げたと――――」

「ラフィナ、それぐらいにしておけ」

「ですが、ゼレット様……」

「どうせこいつらは、後で住民に頭を下げることになる」

「はあ？　我々が頭を下げるだと！　何を言っておるのだ、ゼレット！　……はは～ん。さてはお前、悔しいのだろう。卵を取れなくて。なんせ4000万グラが露と消えるんだからな」

ガンゲルは「くはははは！」と笑い声を響かせた。

随分と悪役が板についてきたようだな。

昨日、侯爵夫人に頭が上がらなかったギルドマスターと同一人物とは思えないぐらいにだ。

「簡単な話だ。この作戦は失敗する」

俺はコートからマスクを取り出して答えた。

「はっ！　負け惜しみを……」

「負け惜しみの意味を調べてから使うんだな、ガンゲル」

「なっ！　い、言わせておけば――――」

「あなたは黙ってなさい、ガンゲル……」

ヘンデローネはガンゲルの言葉を遮ると、落ち着いた調子で俺のほうを向いた。

「あたしも同感よ。負け惜しみじゃなければ何だと言うの、元S級ハンター」

「そもそもお前らは『不魔《ふま》の香』を勘違いしている」

ガンゲルたちだけじゃない。『不魔《ふま》の香』の効力を勘違いしているハンターは多い。

たいていの人間は、あの煙が魔物の嫌がる匂いを発していると思っている。

「だが、それは大きな間違いだ」

「それは――――」

「ししょ～～」

王国にある凱旋門みたいな砂城の横で、プリムが手を振っていた。

煙の中でも平気な顔をしたプリムは、あっちと指差す。

「リヴァイアサン、来たよ～～」

プリムの視力はリルですら舌を巻く。遊びながら我が弟子は、波打ち際でずっとリヴァイアサンの動向を、その桁違いの眼力で確認し続けていたのだ。

そしてついにリヴァイアサンは動いた。

プリムが指し示した方向を見ると、黒い陰影が煙の充満した湾内に侵入していく。

「どういうこと!?　リヴァイアサンが湾内に入ってきたわよ!!」

「そんな?　なんで!?　あんなに香を焚いているのに」

パメラとオリヴィアは大慌てだ。ラフィナも俺の横で震えていた。

リヴァイアサンがチチガガ湾に入ってくる。

しかし、それは当然の結果だった。

『不魔《ふま》の香』は魔物の嫌がる匂いなんかじゃない。むしろ魔物を挑発するための魔導具だ。特にリヴァイアサンのような高ランクの魔物にとってはな」

「「な、なんですって⁉」」

パメラ、オリヴィア、ラフィナの声が重なる。

『不魔《ふま》の香』の原料は、ワイバーンの汗だ。

ワイバーンは戦いの時に汗を大量に掻いて、交戦に入る。

それは戦太鼓を叩くようなもので、「勝負しよう」と相手を威嚇する匂いなのだ。

嗅覚が優れた魔物ほど反応し、距離を取ろうとする。だから魔物除けとして使われる。

しかし、嗅覚が鋭くともリヴァイアサンのような強い魔物だとそうもいかない。

「出てくるぞ！」

リヴァイアサンの頭が水面から浮かび上がった。

撥条《ばね》のように跳ね上がると、その巨体の一部が地上に現れる。

巨大な鎌首をもたげ、顎門に付いた鋭い牙を光らせた。

紫色の瞳を燃え上がらせ、竜鬢《りゅうびん》とヒレを動かしながら、自分よりも小さき者たちを見下げる。

『シャアアアアアアアアアアア‼』

雷鳴のような嘶《いなな》きを海原に響かせる。

一度対峙した経験のある俺でも、あれほど怒っているリヴァイアサンを見るのは初めてだ。

どうやら虎の尾ならぬ、リヴァイアサンの尾を踏んでしまったらしい。

リヴァイアサンの巨体が漁船へと向かって行くのを見て、漁師たちから悲鳴が上がる。
「あああああ!!」
しかし、その声を聞いても巨大な海竜は動きを止めない。
煙のおかげで気が立ち、水面に浮かんでいるものすべてが敵に見えているのだろう。
リヴァイアサンの雄姿は、ガンゲルやヘンデローネの目にも映っているはずである。
しかし、妙なことに二人は動かなかった。
突如現れたリヴァイアサンに戦いているものの、特段慌てている様子はない。
何か考えがあるのかもしれないが、どうせ碌《ろく》なことではないだろう。
「リル！　漁船を守れ！」
『ワァウ!!』
リルは走る。風の刃となって、煙を切り裂いた。
漁船が止まっている係留所の前でブレーキをかけ、リヴァイアサンを迎え討つ。
「ちょ！　リルちゃんだけ戦わせるの！」
リヴァイアサンの前に踊り出たリルを見て、パメラは声を上げる。
すると、リルは大きな口を開けて吠えた。
『ワォォォオオオオオオンンンンン!!』
空気がビリビリと震える。
凄まじい音圧を持った声が、チチガガ湾全体に響き渡った。

まさに声の爆弾――それをまともに食らったのは、他でもないリヴァイアサンだ。

海竜王《かいりゅうおう》の動きが止まると時を同じくして、俺は係留所に到着する。

すぐに【砲剣《ほうけん》】に弾を込め、レバーを引く。すかさず狙いを付けた。

海竜王《かいりゅうおう》は勢いよく伸ばした首を巡らす。リルの声によって、明らかに目を回していた。

急速にリヴァイアサンから戦意が失われていくのを感じる。

もうあとちょっとで係留所というところで、方向転換を始めた。湾の北側へと竜頭が向く。

「あ！　あああああああああああああ!!」

ヘンデローネが素っ頓狂な声を上げたかと思えば、突然岸に沿って走り出した。

「なんだ？」

俺は【砲剣《ほうけん》】の構えを解きながら、首を傾げる。

横のリルも『はっ！　はっ！』と息を吐きながら、走るボンレスハムを見送った。

「ゼレット様、あれですわ？」

「ん？」

遅れてやってきたラフィナが指差す。

よく見ると、一隻の船が出航していた。

やたらと豪奢な飾りが付いた帆船は、湾内に漂う紫色の煙に紛れ、沖へと船首を向ける。

「どうやら、ヘンデローネ侯爵夫人の作戦は、最初から二つ用意されていたようですね。こういう悪知恵はよく働く方ですから」

ヘンデローネの目的は、最初から自分の船をチチガガ湾から脱出させることだった。『不魔《ふま》の香』によってリヴァイアサンが沖から退散してくれれば問題なし。『不魔《ふま》の香』によって逆上したとしても、湾内で暴れているうちに煙に紛れて、自分の船は脱出する。そんな作戦だろう。

どうやら『不魔《ふま》の香』の本当の効力を、侯爵夫人もハンターたちも知ってて、使っていたようだな。

魔物除けの薬は他にもいっぱいある。俺ほどの実力者でなくても、リヴァイアサンが逆上することは、参加したハンターならわかるはずだ。

しかし、目論見は大きく外れた。

今、沖へと出航する船に向かって、リヴァイアサンが真っ直ぐ向かっていく。

「と、と、とまりなさ～い。いい子だから……。り、リヴァイアサンちゃ～～ん……」

ヘンデローネはフラフラになりながらも走り続ける。

全身から発汗し、そのまま溶けてなくなってしまいそうだ。

だが侯爵夫人の意中の想い人は「止まって」と叫んで、足を止めてくれるような紳士ではない。

そもそも魔物に人語は通じない。

直後――――。

グシャッ………。

紙を丸めたような音を千倍増幅させた軋みが、湾内に響いた。

「ギャアアアアアアアア！！！」

ヘンデローネ侯爵夫人は両頬を押さえ、絶叫する。

青い顔をし、窯に入れたバターのように腰砕けになると、その場にへたり込んだ。

もうどうしようもない。

ただただ自分の船が、リヴァイアサンによって蹂躙《じゅうりん》されていく姿を看取ることしかできなかった。

「天罰ですね。他の漁船を犠牲にして、自分の船を逃がした罰ですわ」

微動だにしないヘンデローネの背中に、ラフィナは厳しい言葉と視線を投げかける。

「安心しろ。乗組員はリヴァイアサンが来る前に海に飛び込んで無事だ」

俺は【砲剣《ほうけん》】に付けている遠眼鏡《スコープ》を覗きながら、状況を確認する。

すでに俺はプリムを救助に向かわせていた。あいつの力と心肺機能は異常だ。

例え海中であろうとも、二、三人ぐらいなら担いだまま、岸まで泳ぎ切る能力がある。

「これでわかっただろう、侯爵夫人。Sランクの魔物の保護政策なんて、どだい無理な話なのだ。今回は船だけで済んだが、今度はお前の家族が命を落とすかもしれないぞ。これに懲りたら――――」

「絶対御免だわ……」

「はっ？」

「だって、リヴァイアサンは命なんですもの。命を摘むなんて、人間のエゴよ」

最初に聞いた言葉を、まるでお題目のように唱える。

「……あたしは何も間違っていない！　間違っていないわ」

「ヘンデローネ侯爵夫人!!」

ラフィナは道ばたで惚《ほう》ける淑女の頬を張る。汗でぬるぬるになった肌は、プリンのように震えた。

その平手打ちの衝撃を吸収したかに見えたが、ほんのりと頬が赤くなる。

「失礼しました、夫人。確かにあなたは何も間違っていませんわ。リヴァイアサンも一つの命……。しかし、それを守ることが果たしてリヴァイアサンが本当に望むことなのでしょうか？」

船体を真っ二つにしたリヴァイアサンは、そのまま沖へと戻っていく。

徐々にその竜頭は海中に隠れ、やがて未だに煙が残る湾内から消えてしまった。

「我々が手を貸さなくとも、彼らは立派な生き物ですわ。命を摘み取ることを強欲と言うなら、過剰な保護を掲げることもまた、人間の強欲というものではありませんか？」

ラフィナの言葉に、ヘンデローネ侯爵夫人は答えを返さなかった。

大きなお尻を持ち上げる。そこにガンゲルがやってきて、肩を貸しながら引き下がっていった。

「あれはまだ反省してない様子ですわね」

ラフィナと同意見だ。またどこかでやらかすだろう。あのコンビは……。

「どうするの、ゼレット？」

パメラが俺のほうを覗き込む。

「どうするもこうするもない。俺たちの目的は、リヴァイアサンではなく、その卵だ」

「はい。その通りです。引き続き頑張りましょう！」

オリヴィアの声が、夕暮れ時の港湾街に響き渡った。

Mamono wo Karuna to Iwareta
Saikyo Hunter,
Ryouri Girudo ni Tenshoku suru

第四章

海といえば、海の家……。

海の家といえば、定番の焼きそばである。

俺はいつも通りビーチチェアに座りながら、香ばしい匂いを漂わせる焼きそばを食べていた。

モチモチとした手打ち麺は、噛み応えが抜群で、ソースにも絡んで相性バッチリだ。塩茹でした牡《か》蠣《き》の出汁をベースにしたソースは、旨みがたっぷりで、口内にほのかに磯の風味を残していく。

玉葱、ソーセージ、もやしといった具材も秀逸だ。

玉葱の甘みもさることながら、シャキシャキした食感が、手打ち麺とは別の食音を奏でて楽しませてくれる。食べやすいサイズに切ったソーセージもコリコリと口の中で気持ちの良い音を立てていた。

焼きそばの敢闘賞《かんとうしょう》といえば、生姜だろう。

少量でも鼻から突き抜けるぐらいのシャープな辛さは、ピリッとしたソースの味とは一線を画す。

簡単な料理のように見えて、意外と奥が深い。

特に浜辺で、潮の香りと一緒に吸い込む海の家の焼きそばは最高だった。

「パメラ、おかわりだ」

『ワァウ！』

「ボクも！」

「あの～～。わたしも～～」

葉の皿を掲げる。ボォンという爆発音みたいな名前の植物の葉で、乾燥させて水分を完全に抜くと、とても硬く頑丈になり、即席の食器として使える。

「オリヴィアまで。はいはい。ちょっと待ってて」

おいしそうな匂いを纏いながら、パメラはおかわりの焼きそばを鉄板の上で炒め始める。

手作りの牡蠣《かき》ソースをかけると、胃袋の底をつつくような香りが辺りに漂った。

リズミカルな音を立てコテを振るい、麺を返していく。

料理ギルドに料理人として登録しているだけあって、パメラの動きはなかなか堂に入っていた。

「朝からよく食べますわね、あなたたち」

ラフィナが俺たちに遅れて海岸にやってきた。

「ラフィナさん、おはようございます。おひとついかがですか？」

パメラは出来立ての焼きそばをボォンの葉に盛りつける。

「ありがとうございます。うーん。美味しそうな香り。……あ、そうだ。それよりもゼレット様、こんなにのんびり構えていてよろしいのですか？」

ラフィナは焼きそばを受け取ると、周囲を見渡す。

一昨日よりも明らかに、浜辺にいる人の数が増えていた。

「海水浴客っていう感じがしませんわね」

「じゃあ、野次馬？　それにしたって多すぎない？」

パメラはコテで麺を返しながら、周囲の状況を確認する。

「大半は一昨日のハンターさんたちですが、中にはゼレットさんみたいな魔物に特化した食材提供者が混じってるみたいですね。何人か、うちに卸《おろ》してくれている食材提供者さんをお見かけしました」

「つまり、ゼレットのライバルってこと？」

パメラは出来上がった焼きそばを、おかわりを待つプリムに渡した。

焦がしたソースの香ばしい香りに、赤い耳をピコンと立てて、口元の涎を拭う。

早速、箸で掻き込むと、頬を膨らまし幸せそうな表情を浮かべた。

「おうおう。こんなところに、女連れの海水浴客がいやがるぜ」

目の前に現れたのは、一人の巨漢だった。だが、ただの巨漢ではない。肩幅は広く胸筋は厚く、太《ふと》股《もも》は西瓜《すいか》が丸々一つ入りそうなほど発達し、非常に鍛え上げられている。

異様に高い鼻は空を仰ぎ、目線は下に向けて、俺を頭の上から見下げていた。

「シャーナックさん!!」

どうやらオリヴィアの知り合いらしい。見たところ食材提供者か。

「お前がゼレット・ヴィンターーか。三つ首ワイバーンを倒した噂は聞いてるぜ」

Aランクを倒したぐらいで、もう同業者にまで噂《ざ》が広《こ》まっているのか。

「あれがゼレット……」

「三つ首を倒したっていう」

「元S級ハンターらしいぜ」

「可愛い女の子をはべらしやがって。うらやましい!!」

どうやら自己紹介の必要はなさそうだ。やたらと俺に敵対的な視線を向ける者が多いと思っていたが、まさか同業者だったとはな。

「俺様の名前はシャーナック・シャーク。お前と同じ食材提供者だよ」

「ご同輩か……」

「いいか。先輩として忠告しておいてやる。あまり調子にのるな。三つ首ワイバーンもたまたま当たり所が悪くて死んだだけだ」

たまたまか……。本気で言ってるなら、相当なお花畑人間だな。

たまたま三つ首ワイバーンの急所を射貫き、たまたま三つの首の同じ所に当たり、たまたま人のいないところに落下した。それがどれだけの天文学的な確率かわかっていないのだろう。

むしろ偶然で括るほうが不自然とは考えないのだろうか。

「シャーナックさん、なんでここに?」

オリヴィアは目を丸くする。

そのシャーナックは歯揃い良い歯茎を剥き出し、笑った。

「聞いたぞ、オリヴィア。リヴァイアサンの卵に4000万の依頼料らしいじゃないか?」

「ど、どうして、それを?」

オリヴィアはラフィナのほうに振り返る。

依頼主であるラフィナは黒髪を大きく乱し、首を振った。

「おかしいですわ。わたくし、今回の依頼はゼレット様にしか告げておりませんのよ」

「すでに噂になってるぜ。……オリヴィアよ、【深海魚ハンター】と呼ばれる俺様を差し置いて、新人の食材提供者に依頼するなんてどういうことだ、ああん?」

シャーナックはオリヴィアに詰め寄る。

オリヴィアも負けてはいない。眼光鋭く、シャーナックを睨み返した。

おそらくこういうトラブルは、ギルド内では日常茶飯事なのだろう。

料理ギルドの小さな受付嬢は、一歩も退かなかった。

「これはゼレットさん、一個人で受けている依頼です。わたしはその仲介をしたに過ぎません。もしギルドの職員に乱暴などしたら、その時点であなたから食材提供者の免許を剥奪しますからね」

「ちびっこが！　黙って聞いてりゃ図に乗りやがって！　俺様のバックにはな――――」

その瞬間、シャーナックが浮き上がる。否、浮き上がったのではない。

俺の体重の倍はありそうな巨漢が、大きく持ち上がったのだ。

まるで巨大カジキを掲げるが如く、シャーナックを夏の太陽の下にさらしたのはプリムだった。

「おじさん、うるさい！」

「へっ？」

「ぽいっ!!」

そんな呑気な擬音どころではない。

投擲《とうてき》されたシャーナックは、凄まじい速度で青い空の中に消えていく。

「おおおおおぉぉぉぉぉぉっっっ……」

という悲鳴も一瞬にして遥か遠くへと飛ばされ、やがて沖のほうに落下した。

「ごはんの時、静かにしなきゃいけないんだぞ！」

プンプン、と怒ると、プリムは再び焼きそばに箸を付けた。

先ほどまでの怒りは一瞬にしてピリッと効いたソースによって洗い流されたらしく、ズルズルと音を立てて食べ始める。

俺はコートに伸ばした手を抜き、100%果汁のジュースを口にした。

「なんだ、あれは?」

「シャーナック・シャークさんと言って、魚介を中心に提供いただいている食材提供者さんです。珍しい深海魚を主に仕入れてくれて、依頼人の評判も悪くないんですけど、ちょっとがさつなところがありまして。でも、あの人の『戦技《スキル》』は【潜行《ドリフト》】といって、素潜りで世界記録をもっているんですよ」

「世界記録……!」

胸の前で指を組みながら、ラフィナは呆然とする。

オリヴィアは説明を続けた。

「リヴァイアサンは深い海底部に、卵を産むと言われています。彼の能力はそういう意味では打ってつけかもしれませんね」

「うかうかしてると、本当にシャーナックさんが、先に卵を見つけるかもしれません」

「もう! オリヴィアも、ラフィナも……。今は4000万グラっていう依頼が、どこから漏れ出たかが問題なんじゃない」

パメラはコテを二つ持ったまま、ズバリと指摘する。

「おそらくヘンデローネ侯爵夫人だろう」

「侯爵夫人が？」

「大方、リヴァイアサンの卵に賞金でもかけて、広くハンターを集《つど》ったんだろう。それを聞いて、食材提供者まで集まってきたというわけだ」

「夫人はリヴァイアサンの卵をどうするの？　食べるわけ？」

「パメラ、煙が出てるぞ」

「わわわ……」

パメラは慌ててひっくり返す。間一髪といったところだろう。

少々焦げていても、どうせプリムならおいしくいただくはずだ。

「自分が食べるより、もっと有意義に利用する方法がある」

俺の言葉を聞いて、ラフィナは不敵に笑った。

「わたくしに売りつけるつもりですね。一昨日の意趣返しというわけですか。随分と恨まれたものですね」

「女の嫉妬は怖いですからねぇ」

自分も女であることを忘れ、オリヴィアは苦笑する。

「それでどうするのですか、元S級ハンターとしては……」

「どうもしない……。時を待つだけだ」

おかわりを食べ終え、俺はビーチチェアに寝っ転がる。パラソル越しに、青い夏の空を見つめた。

◆◇◆◇◆　ガンゲル　視点　◆◇◆◇◆

くくく……。ゼレットのヤツ、墓穴を掘りやがったな。

お前は確かに、私が見てきた中でも最高に近いハンターだった。それは戦績が物語っている。

だが、私からすれば、まだまだ甘ちゃんだ。

私に見せつけるために、依頼内容をペラペラと喋ったのだろうが、失態だったな。

こうなったら、お前より先にリヴァイアサンの卵を見つけて、公爵令嬢《こむすめ》に高く売りつけてやる。

「ぐふふふ……」

「何を笑ってるのよ。気持ち悪いわね」

遠眼鏡で海を覗き込んでいた私は、ヘンデローネ侯爵夫人に頭を叩かれる。

侯爵夫人が持っている遠眼鏡はとても武骨で大きい双眼鏡であったが、侯爵夫人の顔が大きすぎて、小型のオペラグラスのようだ。

「夫人、うまくいきましたね」

私は早速揉み手をし、ご機嫌を取る。

しかし、今日の夫人の機嫌はこの程度では晴れないらしい。

双眼鏡から目を切ると、むっとした顔を私のほうに向けた。

側付きに日傘を持たせていたヘンデローネ侯爵夫人の目は、影のせいか少し赤いように見える。

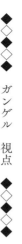

船がリヴァイアサンに破壊されたのは、一昨日のこと……。まあ、無理もない。

昨日は私にハンターたちを雇うように指示を出した後、宿の中でずっと泣き喚いていた。

時にリヴァイアサンに、時にアストワリ家の令嬢に、時にゼレットに憎々しげな声を荒らげていたことを、私は知っている。

夫人のおかげで、宿の部屋の中はガチョウの羽毛まみれだ。ゼレットたちが困っている顔でも見れば気分も晴れるだろうと宿から連れ出したが、浅はかな考えだったらしい。

「ガンゲル……」

「は、はい……」

「リヴァイアサンはもう卵を産んだのかしら」

侯爵夫人はまだ夢でも見ているかのようにぼんやりとした口調で呟いた。

「それは………おそらく産んでいないかと」

「どうして、あんたにそれがわかるの？」

私は沈黙で返した。

何故なら舌の上に載せることすらおぞましい言葉を、今から喋らなければならないからである。

「ゼレットです」

私はまず短く答えると、ヘンデローネ侯爵夫人の薄い眉が動いた。

「何故、あの元ハンターの名前が出てくるのかしら？」

「あまり褒めたくはないですが、ヤツは超一流のハンターでした」

それは狩猟者としての腕だけではなく、魔物の知識量においても半端ではなかった。

特にSランクの魔物に関しては、王国の魔物研究家たちですら舌を巻いたほどである。

ハンターとしても、魔物の研究家としても、ヤツは非凡なのだ。

あえて一つ欠点を挙げるとすれば、あのクソ生意気な性格ぐらいだろう。

「あの元ハンター、Sランクの魔物に並々ならぬ執着があるようね。実に醜いわ」

ヘンデローネ侯爵夫人はそう吐き捨てた。

「ヤツが子どもの頃に住んでいた村が、Sランクの魔物に襲撃を受けたそうです。詳しくは知りませんが……」

「魔物に逆恨みなんて。ますますおぞましいわ。これだから嫌いよ、野蛮人は」

「仰る通りかと……」

「つまり、あの元ハンターが動かないから、他のハンターや食材提供者も動かないというわけね」

そうなのだ。各所から集まってきたハンターたちも、リヴァイアサンではなく、ゼレットの動向に注目しながら、浜辺や沖合で待機を続けていた。

ハンターたちの行動を見た食材提供者も、その動きを見て察したらしい。

おかげで着々とゼレット包囲網が形成されつつあるというわけだ。

これでは、いくらゼレットといえど身動きが取れまい。

私としては卵をゲットするよりも、ゼレットが依頼を失敗するほうが面白い。

そして、失敗に打ちひしがれるヤツの背中に、こう声をかけてやるのだ。

『200万で依頼を受けておけばよかったな』

狡猾とゼレットは、私を呪うだろうが、そんなもの痛くもかゆくもない。

楽しみだよ、ゼレット。

お前の顔が、涙で歪むのがな。

◆◇◆◇◆　ゼレット　視点　◆◇◆◇◆

『くしゅん！』

くしゃみをしたのは、俺の横で寝そべるリルだった。

ズルッと鼻水を吸い込み、瞼を閉じて眠り続ける。俺は労るように、そのモフモフの毛を撫でた。

暑いとはいえ、ずっと潮風を浴び続けているのも、あまりよろしくない。毛艶が悪くなるのだ。

とはいえ、この浜辺から離れるわけにもいかなかった。

「ねぇ、ゼレット。リルをどこか陰で休ませたら？　なんだかしんど――――冷たっ!!」

リルのことを心配したパメラが、お腹を撫でるとすぐに手を離した。

「どういうこと？　リルの体温がめちゃくちゃ冷たいんだけど……」

氷狼の基礎体温は、人間よりも低い。そのため夏場に寝そべると、とても気持ちいい。

しかし、今のリルの基礎体温は、通常時よりもさらに低くなっていた。

「今、リルは力を溜めているのだ」

「力を…………溜めてる？」

パメラは何のことかわからず首を傾げる。俺は励ますように、リルの毛をわしゃわしゃと撫でた。

「ゼレット様、気付いておられますか？」

薄い羽織を肩に掛けたラフィナが、、黒い髪を収めた鍔広《つばびろ》の麦わら帽子を上げる。

「人がどんどん増えてきてますね」

沖と浜辺を交互に見ながら、オリヴィアも話の輪の中に入った。

「それに伴って、わたくしたちに向けられる視線も多くなってきていますわ」

「美女を見て、鼻の下を伸ばしているんじゃないのか？」

「ぜ、ゼレットの馬鹿！　そういうのじゃないわよ、これは！」

パメラが胸の前でビーチボールを抱きしめながら、周囲を窺う。

無論、俺は気付いていた。チチガガ湾の浜辺に集ったハンターや食材提供者たちの視線を……。

その頭に巡る漁夫の利を狙った考え方もだ。

「ねぇ、ゼレット……。依頼のことを、あのガンゲルっていうギルドマスターに話さないほうが良かったんじゃないの？」

パメラが心配そうに見つめる。

俺はビーチチェアから立ち上がった。その動きを見て、周囲の空気がピンと張り詰めたが、俺がやったことといえば、パメラの頭をポンポンと撫でることだった。

「心配するな、パメラ。……ところで、俺が卵を捕った後の段取りは進んでいるのか？」

「うん。料理ギルドのギルドマスターが進めているはずよ」

「なら、あとは俺が卵を捕ってくるだけか」

「それにしても、なかなかリヴァイアサンが動きませんね。文献によれば、湾内で確認されてから十日前後と書かれていたのですが……」

ラフィナは手を顎に当て、考え込んだ。その意見にオリヴィアも同調する。

「チチガガ湾にリヴァイアサンが出現して、二十日以上経ってますからね」

「難産なのかな？」

パメラも首を傾げる。

「いや……。そういうことじゃない。俺の推測が正しければ、それぐらいのズレは問題ない」

「どういうことですか、ゼレット様」

「ともかく今は――――」

待機だ、と言おうとしたその時だった。

「リヴァイアサンだぁぁぁあああああああ!!」

チチガガ湾に声が響く。

同時に、沖のほうがにわかに騒がしくなり始めた。

「出たぞ！　リヴァイアサンだ！」

「退避！　退避しろ！」

「いや、逆だ！　追いかけろ！　追いかけるんだよ！」

「そこに卵があるぞ！」

ハンターや食材提供者は、混乱していた。

一昨日、チチガガ湾内に現れた時以来、姿を見せていなかったリヴァイアサンが突然出現したのだ。

海面から顔だけを出し、その大きな顎門を、湾内や浜辺で待機していた冒険者に向かって開く。

『シャアアアアアアアアア!!』

鋭い嘶《いなな》きを、群がってくるハンターたちに向けて放った。

リヴァイアサンは警戒心が強い魔物だ。

一昨日のような特別な状況でもなければ、人を襲ったりはしない。

基本的に深海や中深度に生きる生物なので、浅瀬や水面には滅多に現れないはずである。

まさに海中という王宮に住まう王様なのだ。

それはハンターや、魔物食を生業とする食材提供者たちも熟知しているらしい。

リヴァイアサンの動きを見て、浜辺に待機していたハンターたちは我先にとばかりに船に乗り込む。

「どけどけ!!　俺様が先だ!!」

勇ましい声を上げたのは、シャーナックだった。

「キャッ!!」

進行上にいたパメラを突き飛ばし、ふんどし一丁になって海へと飛び込む。

そのまま凄まじい勢いで、海の中を泳ぎ、沖へと出て行った。

「ちょっと！　何をするのよ!!」

「……へへ！　ゼレットさんよ！　卵を見つけるのは、どうやら俺様のほうが先のようだな」

パメラが怒鳴ると、シャーナックは海面に顔を出し、ニヤリと笑う。

再び海に潜り、海の底を目指した。

「大丈夫か、パメラ？」

パメラに手を貸す。幸い怪我はしていないようだが、その耳は怒りで真っ赤になっていた。

「何よ、あいつ！　絶対わざとだわ!!　ゼレット！　あいつを絶対にぎゃふんと言わせるのよ」

「俺の生涯において、『ぎゃふん』なんて謎の単語を発したヤツはいないいんだがな」

「悠長に構えてる場合じゃないわよ！　あんたも追いかけないと」

「ゼレット様、あれを見てください!!」

目くじらを立てるパメラをよそに、海面に姿を現したリヴァイアサンは、群がってきたハンターたちを見て、迎え討つという雰囲気ではなかった。

それどころか、Sランクのリヴァイアサンが、まさしく尻尾を巻いて逃げ始めたのである。

この動きに、沖のほうは大騒ぎだ。

「リヴァイアサンが逃げていくぞ！」

「チャンスだ！　追え！　追え！」

「その先に卵があるかもしれないぞ」

ハンターや食材提供者たちは、鼻息を荒くする。

しまいには、近くの船に『魔法《ルーン》』をぶっ放し、妨害する者まで現れた。

興奮していたのは、リヴァイアサンを追ったハンターたちだけではない。

岸壁から見ていたガンゲルとヘンデローネのはしゃぐ声が、俺たちがいる砂浜まで響いていた。

「見なさい、ガンゲル！　リヴァイアサンが逃げていくわ!!」

「み、見えてますってば、侯爵夫人!!　だ、だからそれ以上頭を揺らさないでください……」

あっちはあっちで熱烈によろしくやっているらしい。

割といいコンビだな。依頼が終わったら祝電でも送ってやるか。

「出遅れたな、ゼレット！」

そのガンゲルは俺と視線が合うなり、ヤニが付いた歯を見せて笑う。

沖合へと出て行くリヴァイアサンと、追いかけるハンターたちを指差して、鼻を鳴らした。

「調子づいて自慢したお前が悪いんだ。今さらハンターギルドに戻りたいといっても、もう遅いぞ」

誰が戻るか。

戻ってほしいと思っているのは、ガンゲルじゃないのか。

それに俺は別に出遅れてなどいないのだが……。

「負け惜しみを言いやがって。後で吠え面をかいても知らないぞ」

「さて――――。それはどっちだろうな」

俺は薄く笑った。

急に浜辺が静かになる。周囲にいたハンターやら、食材提供者たちがいなくなったからだ。

残っているのは、俺たちと岸壁に立つ、ガンゲルとヘンデローネだけ。

浜辺には、ハンターたちの足跡とテントだけがうち捨てられていた。

風が出てくる。湾の北側から吹いていた風が、急に東からの風に変わった。

沖のほうから鈍重な雲が流れてくると、徐々に波が高くなり、白波が岸壁を打ち据える。

突風が何の障害物もない浜辺を駆け抜け、広げていたパラソルが飛んでいった。

「嵐が来そうですわね」

「沖合に出て行ったハンターさんたちは、大丈夫なのでしょうか？」

ラフィナが空を仰げば、オリヴィアもまた波間の向こうに消えたハンターや食材提供者たちのことを慮《おもんばか》る。パメラも浜辺に作った即席の石竈《いしかまど》の火を消し、息を飲んだ。

急な悪天のおかげで、周囲の空気が重くなる。

この場で緊張していないのは、おそらく飛んでいったパラソルを、キャッキャと笑いながら追いかけている馬鹿弟子ぐらいだろう。

重苦しい空気の中、ずっと浜辺で伏せていたリルが顔を上げた。

潮の匂いを含んだ強い東風に向かって、鼻を立てる。

『ワァウ!!』

リルは元気に吠える。

「来たか!!」

「何が来たのですか、ゼレット？」

「破水だ」

「破水？　誰か妊娠されたのですか？　まさか――――」

「お、オリヴィアさん、なんで私のほうを見るんですか？　わ、私じゃないですよ」

「すみません。てっきり、もうそういうご関係なのかと……」

「と言うことは、まだわたくしにも目が――――」

「ラフィナお嬢さま、何か言いましたか？」

「べ、べべべべべ別に何も言ってないわ」

三人の女たちは、実に喧《かまびす》しい。というか、単純にうるさい。

「誰も妊娠していない。破水したのは、リヴァイアサンだ」

「「「リヴァイアサン!!」」」

パメラ、オリヴィア、そしてラフィナは同時に叫んだ。

素《す》っ頓狂《とんきょう》な声に、パラソルを捕まえて帰ってきたプリムはパチパチと目を瞬く。

「リヴァイアサンって破水するの!?」

魚類や両生類のような羊膜を形成しない生き物は破水することはないのだが、リヴァイアさんは海中を住み処としながらも羊膜と羊水を形成する。

おそらく外敵からの攻撃や、自分の魔法属性の力から卵を守るためだろう。

これは卵生の大型の竜種に見られる特性だ。

リヴァイアサンが卵生だと聞いた時、出産前に破水するのではないかと俺は考えた。

どうやらその時が、やってきたらしい。

「でも、どうしてそれがわかったんですか、ゼレットさん」

「リルの鼻だ」

「リルさんはリヴァイアサンの羊水の匂いをかぎ分けることもできるんですか？」

さすがに、リルもそこまで万能というわけではないだろうが、恐らく普段海から漂ってくる匂いとは別の匂いを敏感に感じ取ったのだろう。

海も含めて、この浜辺は様々な匂いに満ち溢れている。

破水——つまり羊水の匂いなんて、そうそう空気に混じるものではない。

それに破水の際には体内にある異物やガスも一緒に吐き出されるはず。

ならば独特の匂いがあるのではないかと、俺は最初から睨んでいた。

「ゼレット様はそれを待っていたんですね？」

「すごい……。羊水の匂いで、魔物が出産したかどうか確かめるなんて」

「でも、ゼレット……。リヴァイアサンは沖のほうに出て行ったわ。ハンターたちも追いかけているし。結局、先を越されるんじゃ」

心配そうに見つめるパメラの頭に、俺は手を置いた。

「問題ない。リヴァイアサンのあの動きを見て、確信した」

何より、文献に書かれた十日前後という日にちから大きくズレた予定日。

「間違いない——」

リヴァイアサンは二匹いる……。

「リヴァイアサンが……」

『海竜王《かいりゅうおう》』と呼ばれるSランクの魔物が……」

「二匹もいるですって!!」

三人の顔から血の気が引いていく。

Sランクの魔物は、たった一匹を倒すだけでも、一個師団を全滅させるぐらいの覚悟で臨まなければ討伐できないレベルの化け物だ。

それが二匹、同じ場所にいる。

人が踏み入れることができる海から、大きく外れたことを意味するだろう。

俺にとっても悪夢だ。垂涎《すいぜん》の好敵手が目の前に二匹もいるのに、一匹も討伐できないのだからな。

「パメラさん、ちょっと声が大きくてよ」

「そうですよ。また聞かれちゃいますよ」

「ご、ごめん。つい――――」

しー、と人差し指を口に付けながら、そっとガンゲルとヘンデローネのほうに視線を向ける。

向こうはリヴァイアサンを追いかけていったハンターたちの蛮勇《ばんゆう》に夢中らしい。

腕を振り上げ、「行け！　行け！」と声を荒らげ、興奮していた。

「ゼレット様、本当にリヴァイアサンが二匹もいるのですか？」

「とても信じられません。Sランクの魔物が二匹同時に、湾内にいるなんて」

「別におかしい話じゃない。人間だって、出産の時にパートナーが立ち合うものだろう」

「そりゃあ。人間はそうかもだけど、相手はリヴァイアサンなんだよ、ゼレット」

パメラは腕を組むが、俺は間違いないと見ていた。

リルの反応からして、羊水の匂いが確認できたのは、チチガガ湾の中だ。

このドン深《ぶか》の湾の中に、恐らく雌竜《めすりゆう》が隠れ潜んでいる。

今、ハンターたちを引き連れているのは、雄竜《おすりゆう》だろう。

卵を産む雌竜から危険を遠ざけるために、囮として沖へと出ていったのだ。

「ゼレット様の言葉を信じましょう。ですが、どうやって卵を捜すのですか？　相手は海の底。沖合より水深は浅いとはいえ、特別な『戦技《スキル》』や『魔法《ルーン》』でもなければ、捜索は困難かと考えますが」

「そういえば、ゼレットって泳げたっけ？」

「ずっとビーチチェアに寝そべってて、海に入るところを一度も見てないのですが……」

「もしかして、ゼレットって金鎚《かなづち》だったりするの？」

ジト……。

パメラとオリヴィアは、俺に疑いの目を向ける。

俺はやれやれと首を振った。

「そんなわけないだろ？　コートの中には大事な仕事道具が入っている上に、海水にさらすわけにもいかない。それにこれは俺のお気に入りだ。海水に浸《ひた》して布地を傷めるようなことはしたくない」

「だったら、コートを脱げばいいじゃない！　前から言ってるけど、あんたのその恰好は見てるだけで暑苦しいのよ」

「そっくりそのまま返そう。前から言ってるが、これは俺のお洒落だ。それだけは譲れん！」

俺は早速とばかりに、指ぬきグローブを嵌《は》める。

「パメラ！　浜にいる野次馬を全員退避させろ！」

「ちょ！　何をするつもりよ、ゼレット!!」

「決まってる。狙い撃つ……」

「もしかして、リヴァイアサンを？」

コートの中から【砲剣《ほうけん》】を取り出し、浜辺から一段高い場所にある岸壁に上る。

長い砲身を掲げると、ゆっくりと倒して、海のほうへと狙いを定めた。

「プリム！」

「えっとね……。大体、湾の真ん中ぐらいだと思うよ、ししょー」

プリムの目で以てしても、大体しかわからないのか。

相当深い水深で、卵を産んだのだろう。

海は時化り。太陽も隠れてしまった。海中を確認できる要素はどんどん減り始めている。

一方、パメラたちは野次馬に声をかけて、避難を促し始めていた。

深く息を吸い込み、避難を待っていると、俺のもとにヘンデローネとガンゲルがやってくる。

「ちょっと！　あんた、何をしようとしているのよ!?」

【砲剣《ほうけん》】を構えた俺を見て、ただならぬ雰囲気を察したのだろう。

俺は眼下を覗く。パメラが手を振っていた。どうやら避難が完了したらしい。

「ゼレット・ヴィンター……。リヴァイアサンを傷付けたらタダじゃおかないわよ」

「心配するな、ヘンデローネ。俺が狙うのは――」


海だ!!


瞬間、【砲剣《ほうけん》】が火を吹く。

砲身の先から赤い火花が四方に噴き出した。

発射された弾は嵐を切り裂き、チチガガ湾のちょうど真ん中に着弾する。


ドォォォォオオオオオオオオオンンンンンンン!!!


凄まじい衝撃が、鈍重の空を斜《はす》に裂いた。

衝撃は沖のほうへと向かって弾け、巨大な水柱が斜めに傾いていく。

それは大津波となり、沖に向かって押し寄せようとしていた。

「ちょっと! ゼレット!! あれじゃあハンターや船が巻き込まれ――」

パメラの喚き声を無視し、俺は叫んだ。

「リル、今だ!!」

その時、すでにリルは波打ち際に立っていた。

ずっとパラソルの下で寝そべっていた相棒は、鼻を空に向かって掲げる。

『ワォォォォオオオオオオオオオオオオオオンンンンンンンンンン!!!』

世界を切り刻むようなリルの遠吠えが、チチガガ湾を貫いた。

リルの足下の海が凍る。それは異常な速度で伝播《でんぱ》し、さらに周囲の空気すら凍てつかせた。

俺の首筋を撫でたのは、夏の生ぬるい風ではない。

極寒の雪景色に吹く冬の寒風であった。

「さ、さむ!!」

パメラはぶるりと震え上がる。

一方、ラフィナとオリヴィアは別の意味で震え上がっていた。

「な、なんですか、あれ?」

「海が……。湾全体がめくれ上がって……」

二人とも言葉を失う。それは寒さだけではない。

今、チチガガ湾には大きな穴が開いていた。

1フィットは、人間の標準的な歩幅の長さだが、その深さはざっと見積もっても1200フィットはあるだろう。

空を覆う雲ごとすっぽりと収まりそうな深い海底が広がっていた。

チチガガ湾にできた穴は、深さだけではない。

穴の直径は円形の大きな闘技場ぐらいなら楽に入るぐらいである。

周りは凍てついた氷に覆われ、完全に氷結していた。盛り上がった水柱は口を開けた鮫のように、沖のほうへと伸び、時が止まったかのように固まっている。

「すごいですわ！　海の水をたった一発の弾で捲《めく》り上げて、それを一瞬で凍らせてしまうなんて」

「に、人間業《にんげんわざ》じゃありません！」

「リルは人間じゃないけどね。……でも、どっちも凄すぎ」

ラフィナ、オリヴィア、そしてパメラは抽象画のような光景に息を飲んでいた。

「リル！」

俺は【砲剣《ほうけん》】を担いだまま崖から飛び降りる。砂浜にいるリルに駆け寄った。

主人の足音を聞き、リルは振り返る。

わしゃわしゃと俺が銀毛を掻いてやると、気持ち良さそうに目を細めたが、消耗していることは否めない事実だった。さすがのリルも少し疲れたらしい。

俺の全力の一発で、海面を弾くとともに、潜行した炎属性の弾が周囲の海水を一瞬で蒸発させる。

それとともに、リルが使う『水』の『魔法《ルーン》』によって、海にできた穴が閉じないように凍らせるとともに、湾内の被害を最小限にとどめた。

すべて予定通りだ。

「リル、お前はここで待機だ」

『ワァウ〜……』

「心配するな。今回の功労者はお前だ。いの一番にリヴァイアサンの卵を食べさせてやる」

『ワァウ！』

返事するリルの頭を、俺はまたわしゃわしゃと撫でる。

「リルちゃんが心配なら最初から潜ればいいのよ、ゼレット。そんなに泳ぐのが嫌だった？」

口の端をピクピクさせ、パメラは苦笑した。

これは好き嫌いの問題ではない。

海中ではリヴァイアサンが有利だ。例え、俺でもヤツの土俵上では勝てないだろう。

そんなリスクを冒してまで、卵を捕りに行くべきではない、と考え、今回のような大がかりな手段を取ったのだ。

決して、俺が金鎚という理由ではない。そして俺は金槌ではない。

すべては卵のため、お気に入りのコートと、俺の美学のためだ。

「ちょっと！　あんた、何をやってんのよ!!」

ギャアギャアと鴉みたいに騒ぎ立てたのは、ヘンデローネ侯爵夫人である。

横のガンゲルも赤い顔をして、俺のほうに抗議の意志を示していた。

「見てわからんか。卵を取りに行く。もう一匹のリヴァイアサンが産んだな」

「も、もう一匹だと！　ま、まさか――――ゼレット！　お前、ハンターたちを囮に使ったな」

やっと気付いたか……。

最初からハンターたちがリヴァイアサンの雄を引き付けている間に、俺は雌が産んだ卵をかっさらう作戦だった。さすがに二匹のSランクの魔物を同時に相手するのは難しい。

だからガンゲルたちが集めたハンターたちを囮に使うことにしたのだ。

「まさかゼレット様……。依頼内容をガンゲルに喋ったのって、わざとですか？」

「俺が逆上してガンゲルに喋ったと思っていたのか？」

ラフィナがそう思うなら、なかなかの名演技だったのだろう。

俺が依頼内容を喋ったのはわざとである。

ガンゲルは離職したハンターの再就職すら邪魔をしてくるようなヤツだ。4000万グラの情報を横流しして、他のハンターや食材提供者を呼ぶぐらいの嫌がらせは当然してくるだろう。

俺はリヴァイアサンが二匹いることに気付いた時点で、ガンゲルやハンターたちを使った陽動作戦を立てたのだ。

「ガンゲルよ」

「な、なんだ！　ゼレット！」

「陽動とはこういう風にやるのだ。勉強になっただろう」

一昨日、船を湾内から逃がそうとして失敗したガンゲルやヘンデローネ侯爵夫人に見せつけるように、俺はチチガガ湾にぽっかりと開いた穴を指差す。

「くそ！」

「そんな……こっちの作戦を利用するなんて」

二人は揃って、岸壁の上で腰砕けになる。

その目から生気が失われ、とうとう反抗する意思すら喪失してしまったらしい。

「プリム、行くぞ」

「あいー」

そんな二人を尻目に、俺はプリムとともにチチガガ湾にできた穴のほうへと歩き出した。


俺は弟子のプリムを連れて穴の縁にやって来た。

改めて見ると、大きい。そして深い。目算で１２００フィットといったが、海溝はかなり凸凹していて、深いところならそれ以上ありそうだ。

「プリム、リヴァイアサンの姿を確認できるか？」

弟子はよく目を凝らす。怪力と目の良さだけは折り紙付きだ。

深かろうと闇が濃かろうと視認することができる。おそらく神がプリムを作る時、頭脳を付け忘れて、すべて膂力《りょりょく》と視力のほうに割り振ってしまったのが原因だろう。

おかげでこっちは大助かりだがな。

「いくよ、ししょー」

俺はプリムに抱え上げられ、ついに穴へとダイブする。

底の見えない海底へと降下していった。なかなかスリル満点だ。

下腹部が浮き上がるような感覚を受けながら、俺はまず【砲剣《ほうけん》】を構えた。

穴の中央に照準を付けて、銃把《じゅうは》を引く。

弾丸が高速で撃ち出されると、穴の底付近で炸裂した。

強い光が穴全体を照らす。照明弾というやつだ。

直後、俺たちはついに穴底に到着する。かなりの深さだったが、プリムは何事もなかったかのように着地した。すかさず俺は辺りを探る。

いる……。

間違いなく、俺たち――穴の中に入ってきた異物を認識して、こちらの様子を窺っている。

俺たちが明らかに敵対的な意志を見せれば、すぐさま襲いかかってくるだろう。

予測が間違っていなければ、相手はリヴァイアサンの雌竜《めすりゅう》だ。

周囲の海水は凍り、海底が剥き出しになっている。

つまり否応なくヤツは海中ではなく、この穴底のどこかにいるはずだ。

「まあ、リヴァイアサンには関係ないか」

リヴァイアサンは水中でも、地上でも、水圧の厳しい深海でも生きていられる魔物《ばけもの》である。

地形の不利などお構いなしに暴れるだろう。

対して、俺の基本戦術は長距離による狙撃《スナイプ》。

獲物の頭を抜くことができない状況とはいえ、狙撃手が現場に出た時点で、不利は決定的だ。

俺は【砲剣《ほうけん》】を構えながら、気配のある方向へと距離を詰める。

なかなかの緊張感だ……。

やるかやられるか。

Sランクの魔物と戦ったことがある者しか味わえない恐怖《スリル》……。

久しく忘れていた感覚に、俺は顔の緩みを抑えきれず、笑った。

しかし、身体の奥から湧き上がってくる高揚感に浸《ひた》る暇はない。

照明弾の発光時間には制限があるし、周囲の氷もいくらも持たないはずだ。

逸る気持ちを抑えつつ、ゆっくりと急ぎながら俺たちはついに辿り着いた。


「――――ッ！」


目の前の光景を見て、言葉を失う。

その横でプリムが一際騒がしく反応した。

「ししょー！　ししょー!!　すごいよ！　でっかいう――――」

タンッ！

乾いた音が鳴る。

ひー、ひー、と息を吐きながら、プリムは俺が撃ち込んだ魔弾を口に咥《くわ》えていた。

なかなか器用なヤツだ。雑伎団に売り飛ばしたら、無駄弾の代金ぐらいは稼ぎ出すだろう。

「な、何をするんだよ、ししょー！　【砲剣《ほうけん》】は人に向けて撃っちゃダメなんだぞ！」

「大丈夫だ。お前は人じゃないだろ」

「あ！　そうか！　すごい！　ししょー、頭がいい!!」

こんなにも嬉しくない称賛を受けたのは、人生で初めてだ。

「お前、少し黙ってろ」

「あいー」

俺は改めて顔を上げる。

そこにあったのは、巨大な蜷局《とぐろ》だ。

深海に適応するため退化した外皮《うろこ》は滑らかな絹のようで、照明弾の明かりを受けて、ぬらぬらと光っている。首の下から尻尾付近まで続く背びれは鋭く、岩すら切り裂けそうだ。

巨大な胴体は丸太を思わせるほど太く、紡錘形《ぼうすいけい》に盛り上がった蜷局の頂点にあったのは、顔である。

暗緑色の大きな瞳にき、口の中にまた口があるような二重の顎門がカッと開いていた。

殺気と覇気を感じる。女子供であれば、身が竦《すく》み動けないだろう。

圧巻とも思えるほど、そのリヴァイアサンは俺たちのほうを見て威嚇していた。

俺はスコープから目を離し、やがて砲身の先を地面に向ける。

やや肌寒さを感じる海の底で、俺は呟いた。

「死んでる……」

そう。リヴァイアサンは死んでいた。

死して尚その殺気と覇気を残し、今でも近づくものを遠ざけようとしている。

そんなリヴァイアサンが、死んでも守りたかったもの……。

すなわち、それは一つしかない。

「プリム……」

「あいー」

俺はプリムに指示を出す。弟子は無警戒で死んだリヴァイアサンに近づいていった。

蜷局を巻いた皮膚の間に手を差し入れて、大きな隙間を空ける。

「ししょー！　すごいよ、ししょー！」

プリムの目がおもちゃ箱を開いた子どものように輝いた。

俺もまた言葉を失う。

卵だ。

鶏というよりは、どちらかと言えば鮭の卵のように丸く、艶やかだった。

色は真っ白で、貝を開いた牡蠣のようにぬめっている。

何よりも大きい。そのサイズは両手で抱えなければ持てないほどだ。

想像していたよりも遥かに小ぶりだが、生物の卵としては、十分規格外の大きさだった。

そんな卵が、リヴァイアサンが巻いた蜷局の中に詰まっていたのだ。

「魔物でも、子どもを守ろうとするのだな」

卵の宝石のような輝きを見て、俺はしばし物思いに耽《ふけ》る。

俺は森の中にあるエルフの村で生まれたが、その村はもうない。

Sランクの魔物に襲われたのだ。多くのエルフが子を守るために奮闘したが、結局全滅した。

俺はハンターの師匠に拾われたが、その師匠も数年前に俺を守って死んでしまった。

今目の前にいるリヴァイアサンは、死んでいったエルフや師匠と同じだ——と思ったわけじゃない。

魔物も、人間も対等なのだと感じていた。

その対等な生存競争の中で、今回は俺が勝利した。ただそれだけなのだ。

「恨むなよ、とは言わん。……だが、今日は俺の勝ちだ、リヴァイアサン」

互いの命をかけた生存競争。

その秤《はかり》に命が載っていることを知らない人間が、命の尊さと平等を謳《うた》い、人の傲慢を説く。

ヘンデローネのようにな。

俺はプリムに手伝ってもらいながら、蜷局の中から依頼されているだけの分量の卵を取り出す。

ぬるぬるしていて、滑りやすく、ちょっと気持ちが悪い。

でも、温かい。人肌ほどのぬくもりを感じる。それはまだ見ぬリヴァイアサンの子どものものか、
それとも我が子を産んで力尽きた母のぬくもりかは、俺にもわからん。

そして、この卵が今後どうなるかも……。

あとは料理人と、それを求める依頼人の判断に任せるだけだ。

俺は命を奪うハンターではなく、食材提供者になったんだからな。

「……おかしいな」

卵を魔法袋にすべて収めた俺は、改めて周囲を見渡した。

気になったのは、穴底に降りた直後に感じた殺気だ。

あれは確かに我が子を守るためにリヴァイアサンが残した残滓《ざんし》という可能性は、十分にある。

「だが、俺が感じたのはもっと異質な――――誰だっ⁉」

振り向くと、蜷局を巻いたリヴァイアサンの横から人影が現れる。

ニュッと飛び出た顔を見て、俺はすぐにある食材提供者の名前を思い出した。

「確か……シャーナックとか言ったな？」

いや、違う。シャーナックからはすでに生気が感じられない。

そしてその側からもっと異質な――――そう。穴底に降りた直後に感じたあの殺気だ。

シャーナックは何者かに打ち捨てられ、穴底の泥にまみれる。

代わりに現れたのは、人というにはあまり歪な姿をしていた。

全身が真っ黒な毛に覆われ、手の先からは鋭い爪。一見熊にも見える。

だが、その顔の部分にはやや前衛的なデザインの仮面がハマっていた。

その仮面の手にあったのは、リヴァイアサンの卵である。

「おま――――」

「こ――ら――っ！　ししょーが先に見つけたんだぞ。取っちゃダメなんだぞ――――――――っ‼」

緊迫した空気を台無しにするような幼児じみた言葉が、穴底に響く。

プリムだ。俺の側を駆け抜けていくと、正体不明の相手に果敢に挑んでいった。

「でやぁあああああああ‼」

気合い一閃――。

下手をすれば竜種ですらワンパンで倒せるプリムの拳打が炸裂する。

だが、仮面は冷静に拳を捌《さば》いた。それどころか、プリムの頬にカウンターを当てる。

プリムは呆気なく返り討ちにあい、再び俺のところに戻ってきた。

「プリムッ!!」

「はららら……」

どうやら意識はあるようだ。さすがに身体は頑丈か。

――と悠長に構えている時間は俺にはなかった。

仮面が距離を詰め、俺の背後を取る。そのまま胴を回して、今度は蹴りを放ってきた。

俺は咄嗟に防御するも、重い。完璧に衝撃を吸収できず、蹴り飛ばされる。

受け身に成功したが、コートが泥にまみれてしまった。

「な……! 俺のお気に入りが……。よくもやってくれたな、魔族」

「――――ッ!」

仮面が何かを言おうとしたのを、俺は手で制した。

「何も言わなくていい。どうせお前らは煙に巻くのだろう。尋問しても無駄なことは知っている。そもそも貴様らの声など聞きたくもないし、反吐が出る」

魔族《まぞく》――。それは人族、エルフ、獣族、精霊とは一線を画す魔の一族。

魔力、膂力、知力――その三つに優れ、滅多なことでは人前に現れない。

裏社会で暗躍する邪な種族である。

「そして、俺の師匠シェリル・マタラ・ヴィンターの仇だ……」

俺は殺気を向ける。

対する魔族の反応は、こめかみの辺りを爪で掻くというものだった。

明らかに俺を下に見ている。

俺は狙撃手だ。得物は【砲剣《ほうけん》】。長距離においては厄介だが、近接においては街のごろつき程度なら軽く倒せるものの、どちらかと言えば苦手……。その分、弟子がそれを補う。

向こうは何も言わないが、恐らく俺のことをそう分析しているのだろう。

だから、油断ができるのだ。

「やれやれ…………。舐められたものだな」

カラリ……。

コートの下から二振りの剣が現れる。

一つは料理ギルドで使った白銀の曲剣。もう一つは真っ黒な直剣であった。

魔族がピクリと肩を振るわせる。

「それは何だという反応だな。これらは炮剣《ほうけん》『レーバテイン』。貴様らも知らないだろう。当たり前だ、この剣は俺が貴様らを焼き尽くすために練り上げた魔剣だからな」

こいつらの目的を俺は知っている。

リヴァイアサンのもとを訪れたのも、その目的を完遂するためだろう。

「貴様らの目的は、Sランクの魔物を増殖させて、生物兵器として運用する――だろ?」

「────ッ！」

初めて魔族が強く反応する。

「ならば尚更をここで貴様を倒さなければなるまい。……ましてやリヴァイアサンが命を賭してまで守ろうとした卵を、貴様らの悪行のために使われていいわけがない」

俺は魔剣を握りしめる。身体を巡る魔力を魔剣に集中させると、剣はそれぞれ違う反応を示した。

白銀の曲剣は、青白い雷光を虎牙のように閃かせ……。

黒の直剣からは、空に昇る竜のように炎が立ち上る。

『レーバテイン』は、それぞれ竜虎のように吠えると、立ちはだかる者を威嚇した。

魔族の反応は一変する。ついには背を向けて逃げ始めた。

まったく……。親に教わらなかったか。獣から逃げる時は、目を見て逃げろとな。

「まあ、俺は獣ではないがな……」

俺はあっさりと魔族の前に回り込む。

慌てて魔族は足を止めたが、すでに俺の間合いだ。

戦技《スキル》────【竜虎炮哮斬《レーバテイン》】

雷、そして炎の一撃が、それぞれ魔族の分厚い身体に刻まれる。

『魔法剣士《ダブルマスター》』である俺には、二つの『戦技《スキル》』が存在する。

一つは雷の魔法属性を利用した【陰鋭雷斬《シャドーボルト》】。
そしてもう一つは、対魔族戦用戦技《スキル》ともいえる【竜虎炮哮斬《レーバテイン》】である。
魔族に聖痕のように刻まれた十字の切り傷が、赤黒く発光する。
瞬間、魔族は炎に巻かれた。
「――――――ッ!!」
末期の悲鳴すら奪われ、一瞬にして消し炭になってしまう。
俺は『レーバテイン』をコートにしまい、炎を見送る。
手向けの言葉などなく、ただ己の精神を引き締め振り返った。
ゴゴゴゴゴゴゴ……。
突如、地響きが起こる。
なんだ？　氷が溶けるにはまだ時間がかかるはず。強度計算をミスった？
周囲を囲む氷壁が軋みを上げる。ついにひびが入り、海水が勢いよく噴き出し始めた。
なおも鈍い轟音が響く。いや、近づいてきていると言い換えてもいい。
「プリム！　起きろ!!　緊急離脱だ!!」
何か不味い予感がする。
俺はプリムを叩き起こしながら、周りを見渡した。
瞬間、氷壁に大穴が開く。
現れたのは、リヴァイアサンだった。

雌竜《めすりゅう》のつがい――つまり雄竜《おすりゅう》のリヴァイアサンである。

『シャアアアアアアアアア!!』

リヴァイアサンは鋭い嘶《いなな》きを放つ。

卵を奪われた怒り？　つがいと作った聖域を荒らされたからだろうか？

それほどリヴァイアサンは怒っていたが、問題はそれだけじゃない。

湾のど真ん中にできた大穴に、今大量の海水が注ぎ込まれている。むしろこっちのほうがまずい。

『シャアアアアアアアア!!』

それでもリヴァイアサンは容赦なかった。

完全に氷壁から出てくると、巨体を揺らし、泥状になった地面を蛇行してくる。

その速度は海中にいるよりは遥かに遅いものの、迫力だけは地上のどの魔物よりも勝っていた。

「うーん……。およ？　ししょー、おはよ」

弟子は、弟子で呑気だし。だが、こうなっては、プリムの膂力では抑えきれない。

「逃げるぞ、プリム！」

「ふぇ？　あ、あいー」

だが、海水はすでに腰まで来ていた。これでは身動きが取れない。

逆に水を得たリヴァイアサンが、激しく威嚇しながらどんどん近づいてくる。

その巨体を砲弾のように飛ばし、一気に距離を詰めてきた。

【炮剣《ほうけん》】ではダメだ。足場が悪すぎる。

俺は代わりに【砲剣《ほうけん》】を構える。

海水がせり上がってくる速度を考えても、チャンスはワンショットのみ。

「十分だな……」


ドォンッ!!


腹を揺るがすような重い音が耳をつんざいた。

砲身から火を吹き、そして高速で撃ち出された魔弾はリヴァイアサンの眉間を貫く。

『オオオオオオオオオオオオ!!』

仰け反った巨体は、波間の中へと消えていく。

同じく俺の姿もまた海中へと没していくのだった。


黄昏《たそがれ》時から始まった嵐は収まり、空には星が瞬いていた。

時化《しけ》た海は徐々に落ち着きを取り戻しつつある。

生ぬるい夏の風が戻ってきて、俺の頬を許しもなく撫でていた。

「冷てぇ……」

不平を漏らしたのは、濡れ鼠《ねずみ》になった身体に言っているのではない。

船体を氷で作った氷舟《ひょうせん》に、俺は文句を垂れていた。

舟といっても、帆も縁もなく、流氷も同然だろう。

海に没する前、俺は落ちてきた氷にプリムとともに乗り込み、その浮力を生かして難を逃れていた。

とはいえ、かなり沖のほうへと流されたらしく、チチガガ湾どころか、陸地も見えない。

俺は氷舟に寝そべり、未明の空を眺めながら魔族のことを考えていた。

魔族には人間にはない高度な魔導技術がある。

その一つが魔物を増殖する技術だ。それらを使い、度々人間の街や国を襲ってきた。

これまでSランクの魔物を増殖させるまでには至っていなかったが、魔族はついにそれを数年前に完成させる。

師匠が命を賭して、その時増殖した魔物を討ち払ったが、魔族はその技術を保有したまま、姿を消してしまった。

俺は師匠の遺言もあって、このことを他の人間には話していない。

仮にSランクの魔物を増殖させる技術があることを話せば、人類側でもその技術を研究しようという動きが出てくるかもしれないと考えたからだ。兵器に転用されれば最悪である。

だから魔物同様に、魔族もまた駆逐しなければならない。

俺がSランクの魔物に異常にこだわるのも、そのもとに暗躍する魔族を狩るためでもあった。

「そのはずだったんだがなあ……」

「ししょー！」

プリムが肩を叩く。何事かと上体をあげると、小型の漁船がこちらに近づいてくるのが見えた。

その舳先《へさき》に立っていたのは、三人の女たち、パメラ、オリヴィア、ラフィナである。

さらには、今回の最高功労者であるリルも乗船していた。

俺の無事を知るなり、そろって顔を輝かせる。

パメラの目には薄ら涙のようなものが見えたが、きっと気のせいだろう。

冷たい氷舟に別れを告げ、俺は漁船に移ると、ラフィナとオリヴィアが出迎えてくれた。

「ご無事で何よりですわ、ゼレット様」

「本当に良かったです」

ラフィナはさりげなく俺の手を掴み、労う。

横でオリヴィアが半泣きになっていた。

その中で一人プリプリと怒っていたのは、パメラである。

「心配したんだからね、ご主人様を見つけてくれたリルに感謝しなさいよ！」

金髪のアホ毛をクルクルと回しながら、パメラは喚いた。

「やはりリルが見つけてくれたのか、ありがとな、リル」

『ワァウ!!』

リルはその自慢の鼻を掲げると、俺はモフモフの毛をわしゃわしゃと撫でた。

今回は大活躍だったな。後でシャンプーしてやらないと。

「他のハンターの方々の救助も進んでいますわ。海に投げ出された方々も、ゼレット様と同様に氷にしがみついていて、無事でした。これも、お考えの範疇《はんちゅう》だったのですね」

「まあな……」

俺は首肯《しゅこう》する。

自分のハントに巻き添えを出すのは、俺のポリシーに反する。

間抜けな連中とはいえ、死人を出しては後味が悪い。

とはいえ、今回は全員が無事とはいかなかった。シャーナックのことだ。

せめて遺体だけでも回収してやらねば……。

「何を暗い顔をして黄昏れてるのよ、ゼレット。こっちの気も知らないで！　もう！」

喝《かつ》とばかりに、パメラは俺の背中を叩く。

よく見ると、目元が赤い。乗船前、泣いているように見えたが、気のせいではなかったのだろうか。

すると、オリヴィアがそっと俺に耳打ちする。

「さっきまで泣きながら、ゼレットさんを捜していたんです。優しくしてあげてください」

「そうなのか？」

にわかには信じがたいが、幼馴染みを心配させたことは事実だろう。

それが今回のハントの一番の反省点かもしれないな。

「すまない、パメラ。心配させたようだな」

俺はパメラの頭をポンポンと撫でた。

「も、もう……。そ、そんなんじゃ誤魔化せないんだからね」

声や言葉には恨み辛みが滲《にじ》んでいるが、本人の顔は赤く、満更でもなかった。

「わかってる。だから、ちゃんと捕ってきたぞ、リヴァイアサンの卵」

俺は魔法袋の中にしまっておいたリヴァイアサンの卵を抱え上げる。

小さな見た目の袋だが、見た目以上に何でも入る魔導具の一種だ。

氷も一緒に入れて、氷漬けにしておいたから鮮度も保たれているはずである。

「え？　それは――――」

「パメラ、早く食べたかったんだろ？　だから、必死に俺を――――」

直後、何故かパメラからフルスイングの平手が飛んできた。

元Ｓ級の俺に躱《かわ》す間も与えないとは、なかなかだ。

本人は解体屋を希望しているが、意外とハンターのほうが向いているかもしれない。

何故パメラが怒っているかは、未だに謎だが……。

「これがリヴァイアサンの卵なんですね」

依頼主のラフィナが恍惚《こうこつ》とした表情で卵を見つめる。

ほう、とオリヴィアも口を開けて感心した様子だった。

「大きいですね。あ、でもリヴァイアサンの大きさにしては、小さいのかな？」

「リヴァイアサンの卵が、鶏卵のような殻がついたものではなく、魚卵のような卵だとわかっただけでも大発見ですわ。持ち帰ったら、まずスケッチをさせましょう。偽物対策もしないと」

ラフィナは目を光らせる。

ガンゲルのおかげで、今回リヴァイアサンの卵について、広く周知されてしまった。

今後、偽情報や偽物が出回る可能性は十分にある。

あらかじめ色や形などを詳細に記す対策は、取っておいて損はないだろう。

「ところで二匹いたリヴァイアサンはどうしたんですか、ゼレットさん」

オリヴィアの質問に、俺は包み隠さず話した。

「雌竜《めすりゅう》のほうは産卵後に死んでいた。雄竜《おすりゅう》は――――」

俺は少し言い淀む。下げた拳に力を入れて、俯いた。

「ゼレット！　あんた、もしかして………」

「リヴァイアサンを討伐したのですか？」

「でも、それは不可抗力だと思います。あれほど強力な魔物を殺さずに、卵を奪うなんて……」

三人は沈痛な表情を浮かべる。

それもつがいのリヴァイアサンが、必死に子孫を残そうと奮闘していたと知った後なら、なおのことかもしれない。

「ううん。ししょーは、リヴァイアサンを撃ってないよ」

反論は思いも寄らないところから返ってきた。

その出所であるプリムは、東を指差す。

ちょうどその時、太陽が昇ってきた。眩い光が洋上を滑り、先ほどまで宵闇に閉ざされていた世界は、巨大な炎に照らされ、そして朝が来る。

宝石の輝きに似た光が満ちる中で、俺たちは洋上を横切る大きな影を見つけた。

大きな航跡のように見えたが、そうではない。

途方もなく巨大な生き物が、海面すれすれを蛇行していた。

「リヴァイアサン!!」

ヒッと悲鳴を上げて、ラフィナは漁船の縁《へり》にしがみ付く。

リルは尻尾を立てたが、リヴァイアサンはチチガガ湾とは逆のほうへと泳いでいった。

やがて角度を深く取り、海の底へと潜行していく。

「殺さなかったんですね、ゼレットさん」

「当たり前だ。依頼は卵だからな」

とはいえ、誘惑がなかったわけではない。

あの一瞬、麻痺弾《パラライズ・ブレッド》ではなく通常の貫通弾なら、間違いなくリヴァイアサンを討伐できたただろう。

他のハンターの力を借りず、単独によるリヴァイアサン討伐。

その前人未踏の快挙に対する欲が、全くなかったといえば嘘になる。

何せ、俺が世話になったハンターの師匠ですらなしえなかったことだからな。

「ししょー？　あの時ゼッタイ撃つと思ったのに。なんで撃たなかったの？」

プリムは能天気に、センシティブな話題に踏み込んでくる。

デリカシーという言葉を知らないことは十分承知しているため、俺は怒る気にもなれなかった。

「それは私も興味あるわね」

さっきまで頬を膨らませていたパメラが、俺のほうを向く。

「実はわたしも……」

苦笑を浮かべ、オリヴィアは手を上げた。

「ではわたくしも……」

涼しげに黒髪を払い、ラフィナも参戦する。

やれやれ……。

俺の知り合いは皆、人の心に土足で上がり込むのを趣味にしているらしい。

「俺はハンターではなく、食材提供者だからだ」

「え？　それだけ？」

「重要なことだろ？　俺と対峙した時にはすでにリヴァイアサンは興奮状態だった。そんなリヴァイアサンを殺しても、おいしく食べられないからな」

魔物は興奮したり、緊張したりすると、血を赤から青に変える。

血の色を変えてしまう魔力は、魔物の肉を不味くすると言われていた。

興奮状態の魔物の肉を食用として、提供するわけにはいかない。

これは食材提供者として、至極当たり前のことだ。

「ぷふっ……。あはははははは！」

「なんで笑う、パメラ」

「すみません！　わたしも……あはははは！」

「オリヴィアまで……」

「なかなか秀逸な言い訳ですこと。いい兆候ですわ、ゼレット様。その調子で――あ、ダメですわ。わたくしも、ぷぷぷ……。あはははははは……」

ラフィナまで。

「あははは！　ししょー、おかしい！　あはははは！　よくわかんないけど！」

だったら笑うな、馬鹿弟子。

なんだ。俺は別におかしなことは一言も言ってないぞ。

自分で言うのもなんだが、至極真っ当なことを言っただけなんだが……。

「だってさ。ねぇ、オリヴィア」

「そうですよねぇ」

「Sランクの魔物しか討伐しないとあれほど駄々をこねていらした御方が、『食材提供者だ』とドヤ顔で言われましても、その説得力が――ぷぷ」

「「「「あはははははははははっ!!」」」」

四人の女たちの喧《かまびす》しい笑い声が、朝焼けの洋上に響き渡る。

俺は反論できなかった。

というか、さっき口にした言葉が猛烈に恥ずかしくなってくる。

やれやれ……。なんで、俺はあんなことを口走ったんだろうか。

ハンターギルドにいた時は、もっと冷静で冷酷で、お洒落だったはずなのに。

「へっくし！」

俺は唐突に鼻の周りがムズムズして、盛大にくしゃみをかます。

「ほら！　そんな恰好でいつまでもいるからよ。せめて、ずぶ濡れのコートぐらい脱いだら。あと、そのダサい指出し手袋も」

パメラは手を差し出すが、俺はそっぽを向いて無視した。

「断る！　いつも言ってるだろ。これは俺の――」

「「「お洒落だ――でしょ!!」」」

パメラ、オリヴィア、ラフィナは、ここぞとばかりに笑う。

船上にて喧しい笑い声を聞きながら、俺はやれやれ、と肩を竦めるより他なかった。


リヴァイアサンが沖から離れたことにより、チチガガ湾は平和を取り戻した。

漁民たちは歓喜に沸き、さらに仲買人や料理人たちも諸手《もろて》を挙げて喜ぶ。

街はひっくり返ったような騒ぎになり、漁師は早速海へと繰り出す。

時化の影響で大漁とはいかなかったが、久しぶりの海の幸に漁師やその家族は沸き上がった。

そんな中で、存在感を示したのは、沖から帰ってきたハンターたちだ。

ガンゲルはこれ見よがしに漁民に対して、ハンターたちの活躍を喧伝《けんでん》し、「リヴァイアサンを追い払ったのは、我々だ」と恥ずかしげもなく功を誇った。

その後ろ盾となったヘンデローネも胸を張り、区長から感謝状を受け取っている。


一方、ガンゲルやヘンデローネが祝福を受ける街中から、東の沖よりさらに東。

周囲には海しか見えない隣国の海域で、事件は起きた。

その報をガンゲルやヘンデローネが聞いたのは、二日後のことであった。


「あは～ん！　すごい！　すごい綺麗だわ～！」

大げさに身体をくねくねと動かしたのは、ギルドマスターだった。

俺が獲ってきたリヴァイアサンの卵を見るや、目を輝かせる。

少々下品な声が、アストワリ家の厨房に響いた。

何故、俺たちがラフィナの家——アストワリ公爵家にいるかというと、今から屋敷の庭で、リヴァイアサンの卵を使った料理の試食会があるからだ。

故にギルドマスターの恰好も、逆三角形のピリッとしたタキシード姿……ではなく、そのたくましい怒り肩をさらしたけばけばしいドレスだった。

「どうしたの～、ゼレットくぅん？」

「別に……」

と言いながら、俺はまた一歩ギルドマスターから離れる。

「そろそろいいだろう」

アストワリ家の料理人が、俎上《そじょう》に載ったリヴァイアサンの卵の表面を撫でた。

ぷるぷるしていて、かつ瑞々《みずみず》しい。時間の経過を感じさせることなく、あの母竜が守っていたそのままの姿を保っているように思えた。

「周囲は随分と寒天質ね～。魚卵というよりは、蛙の卵に近いのかしらん？　蛙と同じでこの寒天質を食べて、育つのかしら～」

「そうとも限りませんよ、ギルドマスター。ゼレット様の話では、死んだリヴァイアサンが子どもを守るように卵を包んでいたと伺いました。もしかしたら、ハサミムシのように自分の身体を食べさせるつもりだったかも」

ギルドマスターとラフィナが、専門的な議論を始める。

「お二人とも議論はよろしいのですが、調理を続けても構いませんか？」

アストワリ家の料理番が苦笑する。二人は反省しつつ、調理の続行を促した。

まず卵の周りの寒天質部分に包丁を入れる。

ほとんど抵抗感はなく、中の白身のような部分を切らないよう包丁を動かすと、寒天質の部分が衣を脱ぐように自然と剥がれた。

直後、溢れ出てきた白身を用意しておいた特注の大皿で受け止める。

寒天質と同様にはだけていくと、白身の中から赤みがかった黄身が現れた。

「まあ、綺麗～」

つるりとし張りのある黄身を見て、ギルドマスターが夢見る乙女のように吐息《といき》を漏らす。

オリヴィアも、パメラも息を飲んだ。

美しい……。一見して巨大な卵だが、黄身の張りや、ミルクを固めたような乳白色の白身は、明らかに普通の卵とは一線を画す。

大きさ、艶《つや》、見た目のインパクト……。

どれを採っても、『海竜王《かいりゅうおう》』の名にふさわしい。まさに王者の卵だった。

「香りがするよ、ししょー」

皿に近づき、プリムとリルが鼻をヒクヒクと動かす。

試しに顔を近づけてみると、確かに潮の匂いがした。

海で生まれたのだ。当然と言えば当然なのかもしれないが、それにしても魚卵のような生臭さはなく、むしろさわやかな香りが鼻腔《びこう》を抜けていく。

どうやら姿に加えて、香りにまで王者の風格を兼ね備えているようだ。

「ししょー、これ生で食べる？　食べる？」

「ならば、我いざ参らん!」とばかりにプリムは、どこからか箸《はし》を取り出した。

一般的ではないが、生卵を食べるヤツはいる。プリムもその一人だ。そこに魚醤《ぎょしょう》をかけて、御飯にかけると滅茶苦茶うまいらしいが、俺はまだ食べたことがなかった。

とはいえ、今目の前にあるのは養鶏場《ようけいじょう》で生まれた由緒正しい鶏卵《けいらん》というわけではない。リヴァイアサンという魔物の卵だ。生どころか、普通に食べられるかも未知数だった。

オリヴィアも肩を竦める。ギルドとしても、生食はオススメできないらしい。

文献に詳しいラフィナも首を振った。どの文献も熱を通した料理だったようだ。

「それで何を作るんだ?」

「スフレオムレツですわ、ゼレット様」

「オムレツはわかるが、スフレってなんだ?」

「泡立てた卵白を使った料理のことです。普通のオムレツよりもふわふわになるんですよ」

オリヴィアの説明に、さらにラフィナは文献の中での話を付け加える。

話にあった姫騎士は、オムレツを食べたらしい。それでもいいのだが、現代の流行に合わせるためにスフレにすることを選んだそうだ。

料理人たちが数人がかりで広がったリヴァイアサンの卵を皿に集め、濾《こ》し器に入れた。普通の濾し器ではない。リヴァイアサンの卵用《たまごよう》にこしらえた特注品だ。

卵黄と卵白の分離が成功し、その一部を掬《すく》って、木の深皿に移していく。それぞれ料理人たちが手分けをしながら卵黄を混ぜ、卵白に対しては風魔法を使って激しく泡立てていった。

「ちょっと失礼……」

ギルドマスターは、かき混ぜた卵黄に指を入れて味見をする。

おいおい。大丈夫か？　まだ熱を入れていない状態なんだぞ。

その様子を見ていたオリヴィアは、苦笑した。

「ギルドマスターのお腹はとても丈夫ですから。昔、王宮の味見役をしていて、毒にも強い耐性があると言ってました。きっと我慢できなかったんでしょうね」

王宮の味見役か。なるほどな。

「う～～～～～～～～～～～ん！」

俺が感心していると、ギルドマスターはうなり声を上げた。

「おいしい～～。とっても濃厚で、コクがあって……。加えて、魚卵のようなしょっぱさがあるのに、生臭い風味はまるでないの～。不思議！　今まで食べてきた卵の常識を覆すおいしさだわぁ」

ギルドマスターは吠える。

その声に呼応して、プリムとリルが目を光らせた。

「ししょー、ボクも！　ボクも!!」

『ワァウ!!』

ジト目で俺はギルドマスターを見つめる。

お前のせいだぞ、ギルドマスター。

「まあ～、ちょ～っとぐらいならいいじゃないのぉ～」

「だとよ、プリム。ギルドマスターのお墨付きだ」

「やった！　御飯、持ってくるね」

「さらっと白米を用意しようとするな、馬鹿弟子。舐めるだけだ」

「え～～～～！　ししょーのケチ!!」

お前が腹を下《くだ》した時に、世話をすることになるのは誰だと思ってるんだよ。

『ワァウ（ケチ）!!』

おい！　リルまで、今なんか言ったか？

早速、プリムは舐める。リルも他の皿に移して、一口だけ舐めさせてもらった。

「おいしい！　ししょー、おいしいよ！　これ、絶対白米に合うよ。濃厚だし、ちょっと塩辛さがあって、御飯のお供に最適だよ」

プリムは猛烈に白米を推《お》してくる。

お前な。白米って高いんだぞ。椀一杯分で三杯分の小麦粉を買えるほどなんだ。

大声で白米を推すのはやめてくれ。

「リル、うまかったか？」

プリムの意見を無視して、リルの銀毛を撫でる。

綺麗に黄身を舐め取ると、満足そうに鼻についた黄身まで舐め取っていた。

どうやら、神獣の舌にもあったらしい。それにリルがこうして食べられるということは安全そうだ。

仮に変な成分が入っていたりすると、リルは必ず俺に警告してくる。

もしかしたら、明日の朝食は本当に生卵御飯になるかもな。

一方、スフレオムレツ作りは順調に進んでいた。

泡立てた卵白の中に、砂糖と酢、さらにほぐした卵黄をくわえ、卵白の泡が消えないようにサッと混ぜ合わせていく。

牛酪《バター》を引いたフライパンに、先ほどの卵黄と卵白を混ぜたものを投入し、さらに広げて蓋をした。

火を弱火にし、しばし蒸し焼きに……。

料理人は何度も蓋《ふた》を開けながら、中の様子を確認していた。

手慣れた動きから察するに、何度も作ったことがあるのだろうが、今回の卵は鶏卵ではない。

魔物の卵だ。それも巨大卵の一部を使った料理である。

一流といえど、どこまで火を通していいか、初見では判別が難しいのだろう。

適度に水分が飛んだ頃を見計らい、いよいよ料理人は蓋を開放する。

目に飛び込んできたのは、ふわふわのオムレツだ。不思議なことに少し赤みがかかっている。

「熱を入れたことによって、赤い色素《しきそ》が強く出たのね」

「大丈夫なのか？」

「もちろん。半熟状だけど熱がちゃんと通ってるって証よぉ」

「なるほど」

料理人はフライパンから朱色のオムレツを皿に広げ、慣れた手つきで二つに折る。

ついにスフレオムレツが完成した。

オムレツというよりは、おしゃれなパンケーキという感じがする。

実際、この間にクリームや果物を挟んで食べたりするらしい。

リヴァイアサンの卵でスイーツか。当の本人が聞いたら、驚くだろうな。

まさか自分の卵が、老若男女の喜ぶ料理になっているなんて、夢にも思うまい。

普通、オムレツを食べる際にはソースをかけて食べるのが一般的だ。

トマトソースや、牛骨と数種類の野菜の出汁を使った煮凝り《ドミグラス》ソースなどが挙げられる。

しかし、あらかじめ味見した料理人は首を振った。

「まずこのまま味わってみてください」

出来上がったスフレオムレツに何もかけず、俺に差し出す。

食材提供者が一番先に獲ってきた食材を味わう権利がある。

俺は今回その権利をリルに譲った。

リルがいなければ、リヴァイアサンの卵を獲ってくることはできなかっただろう。

プリムから羨望《せんぼう》の眼差しを受けつつ、リルは別の皿によそわれたオムレツに口を付けた。

『ワァオオオオオオオオオオオオオオオオオンンンンンンン！！！』

リルの遠吠えは高らかに響き渡る。

毛艶がよくなり、一段とモフ度がアップする。目を輝かせ、おかわりを要求した。

言葉が喋れないリルだが、その反応だけで俺たちはすべてを察する。

皿に群がり、あらかじめ握っていたスプーンをオムレツの中に差し込んだ。

スプーンを入れてみてわかる、ふわふわ感……。

雲――いや、違う。大量の綿帽子のようだ。

スプーンを差し込んだわずかな圧力に押され、ふわりと朱色の黄身が盛り上がる。

目で感じる感動に加えて、鼻腔を突く潮風の香りに、俺の胃が否応なく反応しているのがわかった。

眼前にあるのは、リヴァイアサンの卵料理。お洒落なカフェで注文するには、出自のアクが強すぎる。目の裏に残っているリヴァイアサンの猛々しさを思えば、尚更だろう。

でも、この奇跡的な見た目と、漂ってくる香り……。

プリムやリルと比べて、さして食いしん坊でもない俺ですら反応してしまう。

まるで前髪を引っ張られるように、俺の口がスフレを載せたスプーンに近づいていった。

「うまい……！」

自然と口を衝いていた。

いや、言葉にしていたことすら気付かなかった。

ただ口の中で泡沫《うたかた》のように消えていくスフレオムレツを、俺は舌と歯で必死に追いかけていた。

「何……。これ…………。こんなスフレ食べたことないわよ、私！」

「濃厚なのに……」

「ふわぁ～、と消えていく儚《はかな》さが堪《たま》らないわねぇ」

「まさに一期一会ですわ」

「ふわっとして！　しゅわ～と――」

『ワァウ!!』

俺と同じく、他の参加者も困惑した様子だった。

誰も何も具体的に説明ができない。

お腹の底に残ったのは、もっと食べたいという欲求だけだった。

「では、残りは試食会で食べましょうか？　人数分ができあがるまで、しばらくお待ちください」

ラフィナは一旦この場をお開きにする。

見事お預けを食らった俺たちは、厨房から試食会場へと移った。


アストワリ家の中庭には、政財界の有力者たちが集まっていた。

有名料理店のオーナーや、舌に絶対の自信を持つという美食会のお歴々。

王国経済を支える大商会の副会頭や、他国の貴族もちらほら。

下は商会と顔が利く男爵家の当主から、王族とは昵懇《じっこん》の仲と豪語する大公爵家の次期当主まで。

その様々な顔ぶれの中で、俺のような平民は少ない。

場違いな空気に飲まれつつ、俺はリルのモフモフに癒やされながら、試食会の開始を待っていた。

「あ～ら、誰かと思ったわよ、ゼレットくぅん」

化粧を整えたギルドマスターが戻ってきた。

派手な紫色のドレスの上に、ファーを巻き、唇のルージュがより一層濃くなっている。

「めずらしい。ゼレットがあの暑苦しいコートを脱いでるなんて」

「お似合いですよ、ゼレットさん」

ギルドマスターの背後から現れたのは、パメラとオリヴィアだ。

二人とも貴族が着るようなドレスを着用していた。

試食会とはいえ、ドレスコードというものがあり、パメラもオリヴィアもアストワリ家が用意したドレスに着替えてきたのだ。

パメラは胸元に大きな花の刺繍《ししゅう》が入ったドレスを着ていた。ゆったりとした袖口と、スカートにはフリルがついていて、歩く度に右へ左へと揺れている。柔らかで温かみのあるオレンジ色のドレスの布地は、お日様のようなパメラの金髪とよく合っていて、俺がこう称するのもなんだが、いつもより輝いて見えた。

一方オリヴィアのドレスは、パメラと違ってシンプルだ。

やや襟《えり》を詰めたデザインのドレスの胸元には、大きなリボンがあしらわれ、代わりに白い二の腕が露わになっている。少し緑がかった薄水色のスカートは足首まで続き、薄い生地は蝶《ちょう》の翅《はね》のようにヒラヒラと動いていた。

「…………」

「どうしたんですか、ゼレットさん？」

「あら？　もしかして、私たちのドレス姿に見とれたとか？」

金髪から伸びたアホ毛をピクピクと動かし、パメラは白い歯を見せる。

正装してても、やはり人間性というのは変わらないようだな。

とはいえ、パメラの指摘は事実だった。

「ああ……。二人ともよく似合っている。なかなかお洒落だ」

オリヴィアとパメラの顔が、ワインでも注ぐかのように赤くなっていった。

「あ、ありがとうございます」

「い、一応感謝するわ。ありがと、ゼレット。ただ普段から暑苦しい黒いコートを着てるヤツに、お洒落だって言われると、なんか素直に喜べないけどね」

「あはははは……。それはちょっと否定できないかもしれません」

なんだ？　人が折角褒《ほ》めたのに……。

俺のファッションセンスを疑問視するなんて、失礼なヤツだ。

ところでオリヴィアのドレスはどう見ても子ども用だよな。

仕立てた人間が勘違いしたのだろうか。

本人は気に入っているようだから、問題はないと思うが……。

「ところで、俺の弟子は？」

知能はミドリムシといい勝負だが、プリムも一応女である。参加する限り、ドレスコードを守るのが鉄則だ。パメラたちと一緒に着替えに向かったはずだが……。

「プリムさんなら、あっちですよ」

パメラが指差すと、隣のテーブルに置かれた公爵家の新鮮野菜とハムのサンドを夢中で頬張っているプリムを見つけた。

褐色の二の腕と腋を、元気いっぱいとばかりにさらし、膝まで見える丈の短いスカートからは尻尾が飛び出ている。白に赤い花柄のパーティードレス姿は、貴重ではあるものの、すでに野菜とハムのサンドを食べた時につけたであろうパン滓《かす》にまみれていた。

「この子、誰？」とばかりに周りの貴族たちが、顔をしかめている。

……とりあえず他人のフリをして誤魔化そう。

「あ！　ししょー！　これ！　とってもおいしいよ!!」

どこのテーブルにそんなものがあったのか。

骨に巨大な肉が巻き付いた肉料理を振って、こっちを向いて声をかけてくる。

俺と、他のパメラたちが明後日の方向を向いたのは言うまでもなかった。


いよいよ試食会が始まった。

政治、財界、法曹界、学会——様々な分野に血が滲むほどの爪跡を残してきた者たちが集まる中、前に立ったのは、肌にピッタリと吸い付くようなカクテルドレスを着たラフィナだった。

十代にして、大人の色気が香る少女は、大胆に背中を出したドレスで登壇《とうだん》する。

自分の年齢より倍かそれ以上のお歴々の前で、舞台に立つ女優のように堂々と振る舞い、立派に挨拶を務め上げた。

彼女を讃える万雷《ばんらい》の拍手が鳴り止まぬ中、早速一品目が運ばれてくる。

前菜は一口サイズのキッシュだ。

マッシュした南瓜に、スライスした玉葱とベーコン。

それを卵と塩胡椒、牛乳、チーズを混ぜ合わせ、パイのように焼いている。

使われた卵は、普通の鶏卵だが、十分濃厚なコクを感じた。

マッシュした南瓜の甘さとも相性がよく、前菜とは思えないクオリティにまず驚かされる。

「ふふ……」

ギルドマスターはキッシュを頬張りながら微笑んだ。

「この前菜はまるで挑戦状ね」

「どういうことだ?」

「ここにいる人は、自称他称はともかく舌が肥えた人ばかりよ。そして、ここに来た理由は一つ。リヴァイアサンの卵だわ。このキッシュはとても美味だけど、ここの方たちはこう思ったはず」

リヴァイアサンの卵は、もっとおいしいはず……ってね。

俺は頷く。少し癪《しゃく》だが、同じことを思っていた。

「前菜としては、これほど強烈に食欲をそそるキッシュはないわね。今、みんなの頭の中にこのキッシュの味がセットされたはずよ~」

続くスープは、参加者の興奮を抑えるような野菜の冷製スープだった。

今日も日差しが強く、冷たいスープは喉を爽やかに潤し、火照った胃を冷やしてくれる。

しばし何事もなく、デザートのスフレオムレツまで続くのかと思いきや、出てきたのは二種類の貝の貝柱に、チョウザメの魚卵が添えられた料理だった。

片や表面を焼いた貝柱に、片や酢と和《あ》えた貝柱に黒くつぶつぶとした魚卵が添えられている。

それを一度に食べる趣向らしい。

「これもうまいなあ」

カリッとした表面の貝柱の甘みと、酢で和えただけの貝柱のプリッとした食感。

間にかかったトマトソースの酸味もよく効いている。

何よりチョウザメの魚卵の塩辛さは、複雑な味をうまくまとめていた。

リヴァイアサンと比べると、やや生臭い風味は残るが、それでも強く海の料理を想起させる。

鶏卵ときて、次に魚卵。

このコースを考えた人間の狙いは明確で、そして小憎たらしい。

そして次の肉料理があっという間に終わる。皆の食べる速度が明らかに上がっていた。次のデザートを早くしてくれ、という雄叫びが腹の底から聞こえてきそうだ。

そして、それはやってきた。

「お待たせしました。今日のメインディッシュ――が、デザートというのもおかしいかもしれませんが、リヴァイアサンのスフレオムレツです」

先ほど厨房で見たスフレオムレツが、ついに試食会場に運び込まれてくる。

しかも、大人四人で端を持ち、運んでこなければならないような大皿でだ。

その大皿の大きさにも驚かされるが、中身のスフレにも驚かされる。

厨房で見たスフレオムレツよりも、軽く五倍は大きい姿をしていた。

さらにふわふわした部分が露わになり、陽光を受けて輝く。

鶏卵とは一線を画す朱色のオムレツ。その鶏卵なら一体何個分であろうか……。

とにかく大きく、人目を引くスフレオムレツに、参加者は全員度肝を抜かされていた。

ギルドマスターは薄く口角を上げる。

「ど～やら、第一印象はうまくいったようね～」

「もしかして、お前の仕業か、ギルドマスター」

「そうよぉ。食材のプロデュースも、料理ギルドの職分の一つだもの。魔物食は今、料理ギルドにとって一番《かせぎがしら》のグラ箱よ。しかも、その市場はまだまだ未成熟……。けれど、未だ魔物食には根強い偏見があるわ。それを払拭するのが、あたしたちの役目なのよぉ」

ギルドマスターはさらりと言うが、〝負〟の性質のものを〝正〟に転じさせることは、並大抵の努力では成功しない。

これぐらい大げさに演出して、初めて人の心に刺さることもあるだろう。

事実、大きなスフレオムレツは見事参加者の心を射止めたようだ。

皆が立ち上がり、スタンディングオベーションで料理を迎え入れた。

仮にこれが通常サイズのスフレオムレツなら、こうはならなかっただろう。

リヴァイアサンの卵と聞けば、皆がその卵の大きさを想起する。

実際他の魚卵と比べて大きかったわけだが、それが調理によって小さくまとまっては、卵どころかリヴァイアサンのあの雄大な大きさを語ることは難しい。

頭の良いものなら、これが演出だとわかるだろうが、出来上がった巨大スフレオムレツを見て、手を叩かない者はいなかった。

その巨大スフレオムレツからいくつか取り分け、テーブルに並べていく。

全員分を取り分けると、巨大スフレオムレツが冷めてしまい、折角の食感が台無しになる。多くの給仕が、スフレを載せた小皿を持って一斉に会場になだれ込むと、次々と参加者の前に並べていった。

いよいよ厨房で、その片鱗を見せたリヴァイアサンのスフレオムレツが、ヴェールを脱ぐ。

「では、実食いたしましょう」

皆が一斉に口を付ける。

老若男女、男爵も公爵も、地位も名誉も関係ない。

皆が笑顔を灯して、リヴァイアサンの卵で作ったスフレオムレツを口にした。

「「「「「う～～～～～～～～～～～～～～～～んんんん!!」」」」」


うまい！

会場が興奮のるつぼと化す。

口に含んだ途端、広がっていく卵の濃厚なコク。

噛んだ瞬間にわかるふわっふわっの柔かさ。

直後濃厚なコクと、魚卵としての風味が口の中に広がり、余韻を残して消えていく。

そう。まるで海そのものだ。

浜辺に打ち寄せる白波のように歯を柔らかく包み、深いコクと風味を残して沖へと去って行く。

最初の強いコクから、やや塩気のある風味へと爽やかに口内を満たしていった。

トドメは黄身の部分に隠れたぷちっとした食感が、泡のように舌を刺激してくる。

「ふぅ……」

空になった皿に向かって、吐息が漏れる。

俺だけではない。俺よりも遥かに舌が肥えた参加者も同様だ。

ほぼ同じタイミングで食べ終えた参加者たちが、フォークを置いた。俯き加減で空の皿を見て吐息を漏らしている。

その反応を見ながら、オリヴィアやギルドマスターが指を組んで祈っていた。

ラフィナも心配そうに参加者を見つめている。

魔物食にかける関係者としては、緊張の瞬間だろう。

リヴァイアサンの卵が、食材として受け入れられるかどうかなのだから。

「皆様、如何だったでしょうか？」

怖《お》ず怖《お》ずとラフィナが、たまらず質問した。

胸の前で握った拳はかすかに震えている。

「あの……」

一人の貴族が手を上げる。

目が不自由な白髪の老人だった。

「おかわり、あるかの……」

「え？」

「こっちも！」

「僕も食べたい！」

「私も！　おかわりください！」

次々と皆が手を上げて、「おかわり」と連呼する。

これまでキッシュ、冷製スープ、魚卵添えの二種類の貝柱、肉料理とフルコースを堪能《たんのう》してきたはずの者たちが、ここに来て「おかわり」を所望する。

それは「うまい」という言葉や、スフレオムレツに抱いた感想よりも、直接的な評価として表すものだった。

万雷の拍手よりも戸惑う反応を見ても、ラフィナは余裕だった。

「食いしん坊さんばかりで困りましたね。わかりました。皆様のご期待にお応えいたしましょう」

ラフィナは軽くウィンクし、満面の笑みを浮かべた。

そのお茶目な演出に自然と歓声が上がる。おかわりが用意され、参加者たちは舌鼓を打った。

二度、いや正確には三度か。

これだけ食べてもなお、魔物食材の複雑な味に驚かされる。

今回も、俺が知る卵という概念が見事に覆《くつがえ》った。

味を研究され、様々な調理法が生まれれば、一体どういう風に進化していくのだろうか。

ふと考えると、胸に沸き立つものを感じた。

「ふふふ……」

横に座っていたオリヴィアが笑う。

さらにギルドマスターや、パメラも俺を見て、ニヤニヤと笑みを浮かべていた。

「面白いでしょ、ゼレットくぅん。魔物食……」

「ようやくゼレットさんに、魔物食の醍醐味《だいごみ》を伝えることができて、わたし嬉しいです」

「どう？　魔物をただ討伐するハンターより、面白いでしょ？　料理ギルドって」

最後にパメラがドヤ顔で質問を返す。

もう答えがわかっているような表情に、俺は少し眉を顰《ひそ》めた。

やがてスフレオムレツを食べ終え、冷静に口元を拭う。

「まあまあだな……」

と答えておいた。

試食会は無事閉幕した。

しかし解散が告知されても、参加者たちの熱はなかなか冷めやらない。

その場に留まり、料理の感想を思い思いに語り続けていた。

漏れ伝えてくる内容としては、上々のようだ。早速自分の店に出したいと申し出る者もいた。

中には今回初めて魔物食に挑戦した参加者もいて、リヴァイアサンの卵がもたらす濃厚なコクと、塩辛い後味に身振り手振りを交えて力説していた。

俺はというと、相変わらず雰囲気に慣れず、試食会の端っこでリルと戯《たわむ》れていた。

神獣の舌にもあったらしく、気持ち良さそうに眠っている。

一方でオリヴィアやギルドマスターは、しっかり貴族たちに食い込み、次なる依頼のために営業をかけていた。

パメラにしても、宿のオーナーだけあって、物怖じすることなく談笑を楽しんでいる。

どうやらこの空気に馴染めないのは、俺だけのようだ。

「こんな端っこにいた。パーティーは苦手ですか、ゼレット様」

ちょっと疲れた様子のラフィナがやってくる。

試食会を成功させるために、ずっと気を張っていたからだろう。

その後も、貴族に引っ張りだこだったようだしな。

「人が多いのは苦手だ……。でも良かったな。大成功じゃないか」

「ありがとうございます。……これで魔物食への偏見がなくなればいいのですけど」

「一つ聞きたかったのだが、こうやって盛大にパーティーを開いてまで、魔物食への偏見をなくそうとするのは何故だ？」

「簡単ですわ。わたくしが気兼ねなく魔物を食べるためです。レストランで先ほどのスフレを食べていて、横から『それは魔物だから穢《けが》れている』なんて言われたら興ざめしてしまいますもの」

「魔物を食べるための環境作りというわけか」

「その通りです」

見た目通り、ラフィナはしっかりしているようだ。

「盛り上がっているようだね、ラフィナ。私も話に混ぜてもらってもいいかな？」

俺とラフィナが談笑していると、綺麗な銀糸の目立つ正装を纏《まと》う御仁《ごじん》がやってきた。

後ろに撫でつけたロマンスグレーの髪と、控えめに伸びた口ひげは品が良く、柔らかな曲線を描いた眉からは、優しげな人となりが垣間見える。

浮かべた笑顔はどこか少年のような面影を残していた。

「パパ……！」

「コラコラ。こういう場では、公爵閣下と呼びなさいと何度言わせるんだい、ラフィナ」

「し、失礼いたしました、公爵閣下」

ラフィナは慌てて礼を執《と》る。

俺も一瞬呆然としてしまった。

ラフィナのパパということは、つまり今目の前にいるのは、アストワリ公爵閣下か！

俺は慌てて膝を突き、頭を下げた。

「失礼しました、公爵閣下」

「君が、ラフィナの話していたゼレット・ヴィンターくんだね。楽にしてくれたまえ」

「いえ。さすがにそういうわけには……」

相手は公爵家の当主。しかも、王族とも強いパイプを持つ一族の頂点である。

ラフィナのようなお転婆《てんば》はともかくとして、元Ｓ級ハンターとはいえ、身分としては平民の俺が、おいそれと話せる相手ではない。

楽にしてくれと言われて、礼を執らないわけにはいかない相手だった。

「そうか。困ったな。……では、こうしよう」

当主は身をかがめると、俺と同じく膝を突いた。

理由も目的もわからない行動に、俺の思考は一時停止する。

当主の青い瞳に、戸惑う俺の顔が映っていた。

どうやら、この当主。ラフィナと同じ――いや、それ以上に癖のある人物のようだ。

「職業病とでも呼べばいいのかな？　公爵ともなれば、人と会う機会も多くてね。だからなのか、こうやって人を真正面から見ると、なんとなくその人となりが見えてくるのだ」

「では俺の印象はいかがでしょうか?」

「そうだね……。君は、そう…………娘以上に頑固なところがあるようだ」

「当たってる」

ラフィナはクスリと笑う。

「頑固とは時に柔軟性を欠くものだが、それは君の中にあるルールに従ったものだから問題ない。それは君の魅力だと周りも認識してくれるだろう。そして君自身はとても聡明で、信頼に足る人物だ」

「そう——ラフィナに聞いたのですね」

俺はズバリ指摘すると、当主の顔は綻《ほころ》んだ。

「その通り。ラフィナが嬉しそうに語るものだから、前から一度会ってみたかったのだよ」

「パ——公爵閣下!」

ラフィナは顔を真っ赤にして抗議する。

「でも、人を真正面から見て、人となりがわかるというのは本当のことだよ。おそらくラフィナから聞かなくとも、私は同じ言葉を口にしただろう。それほど、君の頑固さは傑出しているということだよ、ゼレットくん」

この娘にして、この親ありか。自分の手の内を隠しもせずに見せようとするところと、人を試そうとする辺りが、親子揃ってそっくりだと思った。

「しかし、今はその頑固さを発揮する場ではない」

公爵閣下は先に立ち上がり、俺に手を差し出す。

ここまでされて、膝を突いたままというのは、さすがに非礼というものだろう。

そろそろこの体勢も疲れてきたところだ。

俺は公爵閣下の手を取り、ついに立ち上がる。

「うん。素直が一番だよ、ゼレットくん」

俺の二の腕を軽く叩く。

その手を胸に置き、軽く頭を垂れると、当主は改めて自己紹介を始めた。

「ニクラス・ザード・アストワリだ」

「ゼレット・ヴィンターです。お目にかかれて光栄です、ニクラス閣下」

「まだ固さはあるが、まあ良かろう。君はSランクの魔物を撃ちたいらしいね」

「はい」

「君は人脈を煩《わずら》わしく思っているかもしれないが、なかなかどうして、あれは金で買えるものではない。出会いが結ぶ奇跡のようなものだと私は考えている。たとえ、その人と人生で一度しか会わないとしても、その一度が人生で決定的な出会いを生み出すこともある。顔は売っておいて損はないぞ」

ニクラス閣下は、今度は背中を叩く。

集まっている貴族たちのほうを向くと、俺を紹介した。

「元S級ハンターのゼレット・ヴィンターくんだ。今回のリヴァイアサンの卵を提供してくれた。仲良くしてあげてほしい」

ニクラスの話に、貴族たちは一斉に反応した。

「元S級ハンター？」

「リヴァイアサンの卵を取ってきたですって？」

「若いな……」

「お話を伺ってもよろしいですか？」

たちまち人の輪ができあがる。

俺は戸惑いながら、一つ一つの質問に答えていった。

貴族たちが、平民の俺の話に耳をそばだてている。

魔物の生態の話にまで及ぶと、手を上げて質問する者まで現れた。

「まあ、Sランクの魔物にしか興味がないの？」

「というか、他は雑魚なので」

「ぇ？　Sランク以外が雑魚って。すげぇ！　今度、オレの依頼を受けてくれよ」

「Sランクであれば」

「Sランクの魔物か？　何がいいかな？」

貴族は腕を組み、真剣に考え始める。そこからさらに議論が盛り上がっていった。

こんなに注目を集めたのは初めてだ。

そもそもハンターというのは、どちらかと言えば裏方だ。魔物の駆除といっても、歴史上の英雄や勇者のように讃えられるわけではない。

魔物を倒しても、俺たちに与えられるのは依頼料だけ。

ヘンデローネのように罵声《ばせい》を浴びせる者はいても、称賛する者はほとんどいない。

だから魔物を倒して、ここまで人が集まり、褒《ほ》め称えてくれることに俺は戸惑っていた。

「ふはははは！　面白いことになってきたな。吉報を待ってるぞ、ゼレットくん」

ニクラス閣下は、その場を俺に任せて離れて行く。

俺は貴族たちの話を遮《さえぎ》り、公爵閣下を呼び止めた。

「ニクラス閣下、礼を申し上げる」

「こらこら。その肩に力が入った感じ。次に会う時までにはほぐしておくように」

ニクラス閣下は振り返らず、手を振ってその場を後にした。

かと思われたが、すぐに前を向いたまま、後ろ歩きで戻ってくる。ギギギ、と油を差していない撥《ぜん》条《まい》みたいな音を立てて、俺のほうに向き直ると、突然俺の両肩をがっしりと掴んだ。

「一つだけ君に忠告しておくぞ」

「は、はあ……。なんでしょうか？」

「ラフィナ　ニ　テ　ヲ　ダシタラ　ダメ　ダカラ　ナ」

ラフィナに手を出したらダメ……って、どういうことだ。

いやしかし、ニクラス閣下の顔は、これまでで一番迫力があった。

顔は笑っているが、皮を剝げば悪鬼のような形相が現れるのではないかと思うほどに。

というか、この俺の膝が久しぶりに笑っているのだが……。

とりあえず頷いておいたほうが良さそうだ。

「わかりました」

「うむ。なら良い――――じゃ！」

元のニクラス閣下に戻ると、気さくに手を上げて、その場を後にした。

ふぅ……。なんとか事なきを得たか。

一体、なんだったんだ、今のは……。

変わった貴族だ。

これまで俺が知る貴族というのは、ヘンデローネみたいな世間知らずばかりだった。

ラフィナがそうだったように、ニクラス閣下もまたヘンデローネとは違うらしい。

俺は十一の貴族と挨拶を交わし、そのうち三家から個人スポンサーの申し出を受けることになる。

その日を境に、俺の生活は一変していくことになるが、そう思えるようになったのは、随分先のことであった。

◆◇◆◇◆　ヘンデローネ　視点　◆◇◆◇◆

ヘンデローネはウキウキしていた。

彼女がいるのは、王宮に設けられた彼女専用の貴賓室《きひん》である。

重厚な衣装箪笥《だんす》に、使い勝手のいい化粧机。鏡は勿論三面鏡で、凹凸はなく綺麗に磨かれている。

極めつけは豪奢な金細工で彩られた天蓋付きの寝具だ。

マットレスは柔らかく、広々としていて、かび臭い匂いは一切しない。

各国の要人も泊まる可能性がある部屋だけあって、どれも一級品のものが取り揃えられていた。当たり前だが、漁民街で泊まった宿とは雲泥の差である。

ヘンデローネは三面鏡の前に座り、思春期の娘のようにはしゃぎながら化粧を整えていた。

机の引き出しにぎっしりと詰まった最新ブランドの化粧品や香水を、取っ替え引っ替えしながら試している。椅子に座って、すでに五時間以上が経過していた。

気むずかしい侯爵家当主が、ここまでご機嫌なのは、王宮の一級品の対応だけではない。

女王陛下直々の呼び出しがあったからだ。

間違いなく栄誉である。さらに言えば、呼び出された理由もわかっていた。

おそらくチチガガ湾をリヴァイアサンから解放した功績に違いない。

まさかあんなかび臭い漁港に滞在していただけで、女王に謁見《えっけん》の栄誉を賜《たまわ》るとは……。

たまには我慢も必要だと、ヘンデローネは思わず鼻唄を歌った。

「これはもしかしたら、もしかしてだけど……公爵位の授与なんてことも……」

爵位が上がることは、貴族共通の目的であり、栄誉である。

平和な時代が続き、階級を上げることが難しい昨今だが、いつの世も国民のために働く貴族には、その功にふさわしい爵位が与えられてきた。

特に民心を動かすような功績は、通例として受けが良く、今回も十分当てはまる。

「ヘンデローネ侯爵夫人……。そろそろ――」

ノックが聞こえ、支度を調えたヘンデローネは、近衛に案内されて王宮の赤絨毯を進んだ。

謁見の間の前で待っていると、おもむろに両開きの鉄扉が重々しい音を立てて開く。

聞こえてきたのは、温かな拍手。

眩《まばゆ》いシャンデリアの明かり。

祝福する人々の笑顔。

……などではない。

拍手はなく、過剰な明かりもない。

謁見の間で待っていたのは剣を掲げた近衛と、見慣れた大臣。そして玉座に肘を突き、物憂げな表情を浮かべた女王が座っているだけだった。

舞台挨拶に立つ女優のように晴れやかな顔をしていたヘンデローネは、謁見の間に満ちた寒々しい空気に凍り付く。

一瞬、場所を間違えたのかと思わないわけではなかった。

だが、奥に佇む女王は、間違いなく国主エミルディア・ロッド・ヴァナハイアであった。

ヘンデローネは凍った湖面を歩くように慎重に進んでいく。

背後の扉が閉まる音を聞いて、退路が断たれたことを悟ると、ますます顔が青くなっていった。

「そこまで」

大臣が進み出て、促す。

事務方最高位とは思えないほどの小男の大臣は、小人族《ホビット》である。

知己《ちき》でもある大臣は陰険な目で、「お前、何をやったんだ」とヘンデローネを目で責めていた。

ヘンデローネはドレスを摘まみ、頭を下げて典礼に則《のっと》る。

立礼のまま女王の話を聞く。ヴァナハイア王国では女王が国主であるため、女性優位の施策が採られていた。そのため女王の前では、男が膝立ちである一方、女は立礼を許されているのだ。

「久しいな、侯爵夫人。我が四番目の子リルダの祝いの席以来か」

「覚えていていただきありがとうございます、女王陛下。リルダ様がまだほんの赤子だった頃を、今も昨日のことのように覚えておりますわ」

ぎこちないことを百も承知で、ヘンデローネは無理やり微笑む。

今はとにかく少しでも、この謁見の間に流れる空気を変えておきたかった。

「ふむ。さて――――」

挨拶もそこそこに女王は本題に入る。

他愛もないやりとりをして場をほぐす時間など、ヘンデローネには与えられなかった。

不可避の速攻に、侯爵家当主は為す術なく流されていく。

「夫人を呼び出したのは他でもない。チチガガ湾の件だ」

「は、はい！」

キタァァァアアアアアア!!

死んだ魚とまではいかないまでも、輝きを失っていたヘンデローネの瞳が、山の稜線《りょうせん》から上ってくる朝日の如く輝き始める。

「そうです！　あれはあたしが――――あ、いえ。正確にはあたしが出資しているハンターギルドですが――――まあ、それでもあたしがやったと言っても過言ではなく」

ヘンデローネは藁《わら》にも縋《すが》る思いで、自分の功績を伝えた。

焦りが舌の根に伝わり、つい早口になってしまう。

部屋に流れる空気を変えるためには、チチガガ湾の功績を徹底的にアピールするしかない。

そのためには、多少の誇張もやむなしと腹を括《くく》った。

しかし、女王の反応は冷ややかだ。

玉座のすぐ下に控えた大臣と小声でやりとりをした後、質問を続けた。

「チチガガ湾でのそなたの件は、聞いている」

「陛下のお心に留めていただき光栄です」

ここぞとばかりにヘンデローネは、頭を垂れた。

完璧なタイミングかと思われたが、聞こえてきたのは「トントン」という苛立たしげな音だ。

見ると、女王が肘掛けを指で叩きまくっている。

顔こそ平静を装っているが、しっかりと結ばれた口元は明らかに怒っているように見えた。

「ハンターたちを集め、リヴァイアサンを追い払ったそうだな」

「はい。ハンターたちはよく仕事をしてくれました」

ヘンデローネは頭が悪いわけではない。自分の功を誇るのではなく、下々を持ち上げることによって、女王の心証が良くなることぐらいは心得ている。

だが、一つ欠点を上げるとすれば、魔物のことになると入れ込みすぎることだろう。

「ふむ。だが、聞いたところチチガガ湾の漁民たちは、リヴァイアサンの討伐を望んでいた。そのため最初ハンターギルドは、とても消極的だったと聞いたが……」

ヘンデローネの表情が曇る。

「陛下、お言葉ですが、リヴァイアサンはとても賢い生き物です。これは噂程度の情報なのですが、母竜は決死の覚悟で卵を産み、死してもなお子どもを守ったとか。あたくし思いましたのよ。例え魔物であろうとも、親子の絆があると……。美しいとは思いませんか。魔物に愛が芽生えたのです」

美しい創話を歌うように語り、ヘンデローネは目を輝かせた。

一方で、女王の指はさらにせわしなく肘掛けを打ち付けている。

やがて、それも虚しく感じたのか、ついに女王は一つ息を吐いた。

「はあ……。そろそろ妾の話をして良いか、夫人」

「は、はい。……し、失礼しました」

「五日前のことだ。チチガガ湾から東にあるワスプ王国の船が転覆《てんぷく》した。幸い乗組員は他の船に救助されて、死者こそ出なかったが、船にはワスプ王国の王子――次期国王になる方も乗船していた」

「そ、それは不幸中の幸いでした……。ワスプ王国は我が国と古くから同盟関係にある、言わば姉妹同然の国。その未来の国王陛下が無事だったことは、喜ばしく――」

大げさに身振りを交えながら、ヘンデローネはお見舞いの言葉を述べる。

しかし、それを遮ったのは、女王陛下本人だった。

「ああ。ただ問題は転覆した原因だ。複数の目撃証言と、船体に残った痕跡から、ワスプの船の事故はリヴァイアサンの衝突によるものだと判明した」

「り、リヴァイアサン……！」

やや余裕が出てきたヘンデローネの顔が、一気に青ざめる。

「その海域でのリヴァイアサンの目撃例はゼロ。ただしチチガガ湾から逃げたリヴァイアサンを除けばの話だ。日にちもタイミングも合致《がっち》する」

「ぐ、偶然ではありませんか？」

「……大臣。聞かせてやれ」

ヘンデローネの愚鈍《ぐどん》さに、半ば溜息を漏らしながら大臣は持っていた報告書を広げる。

「ワスプ船に残ったリヴァイアサンの皮膚を採取し、こちらで保存しておりましたチチガガ湾のリヴァイアサンの皮膚と、鑑定魔法を使って照会いたしました」

「結果は？」

「見事、合致したとのことです」

「そ、そんな――――」

ヘンデローネは頭を抱える。五時間かけてセットした髪が、無茶苦茶になってしまった。

「この件、ワスプ王国には包み隠さず伝えた。誠実に答えることこそ、問題の解決に繋がると思ったからだ。『我が国ではSランクの魔物を保護する政策の議論の真っ最中であり、リヴァイアサンを追い払う以上のことはできなかった』とな」

すると、相手国の王子はこう返してきたという。

『貴国は産卵期のリヴァイアサンを討つ絶好の機会を逃すほど、魔物の被害に困っていないのですね。我が国としては非常に羨ましいと言わざるを得ない』

それを聞いて、ヘンデローネは絶句した。

「この程度の皮肉で、ワスプ王国との同盟が破棄されることはない。そもそも転覆事故はワスプの領海内で起こったこと。リヴァイアサンの接近に気付かなかった乗組員の落ち度もあろう。ただ我が国の領海内で起こっていれば、責任者の中にそなたの首も含まれていただろうがな」

「ひっ……」

女王の氷のような瞳に、ヘンデローネは思わず悲鳴を上げた。

立礼を維持できず、腰砕けになる。偶然にも股をさらけ出す卑しい娼婦のようなポーズになり、慌ててスカートを閉じた。

「教えてほしい、ヘンデローネ。外交史上稀《まれ》に見るこの嫌味を効かせた返礼に、妾はどう回答すればいい？　この屈辱に対して、ただ真摯《しんし》に頭を下げることしかできない妾の怒りのやり場を、どこに向ければいいというのだ！」

「じょ、女王陛下！　それならば、事実を伝えればいいのです。魔物は賢く、愛を知る生物だと。人間とわかり合える生物だと」

ヘンデローネはここぞとばかりに反論に出る。

すっくと立ち上がり、女王に訴えかけるが、返ってきたのはやはり氷のような眼差しであった。

「ならばヘンデローネよ。そなたは今どこにいる?」

「はっ?」

「今、王国議会では魔物の保護政策について、喧々諤々《けんけんがくがく》と議論をしているそうだが、それは果たして意味があることなのか?」

「勿論です、陛下。我々は――」

「ならば、何故その議論の中に魔物が含まれておらぬのだ?」

「え――?」

「リヴァイアサンの時もそうだ。そなたはずっと後方で見ていたそうだな。リヴァイアサンが賢く、愛を知る魔物ならば、その言説を以て説得すればいいのではないか?」

「それは――あ、あたしがやることは、法案を提出することであって、あたしの役目ではなく」

「では、誰が魔物と対話する。その者を連れて参れ。そして、その結果を報告してはくれまいか。ならば、ワスプ王国にも心地よい返答ができよう。『我が国の責任者が、リヴァイアサンにこれ以上船を壊さないでくれと頼んだにもかかわらず、リヴァイアサン側が反故《ほご》にしたのだ』とな。――うむ。勢いで口にしてみたが、実に洗練されていて、頭が悪そうな返答だ」

「へ、陛下……」

口に出してみたものの、ヘンデローネは反証を見つけることすらできない。

すでに女王の顔は怒りに満ち満ちており、一滴垂らすだけで決壊してしまいそうな危うさがあった。

「女王命令だ、聞け」

それはヘンデローネだけに言ったわけではない。

謁見の間にいるすべての家臣に、女王は告げた。

「王国議会で議論されている魔物の保護政策について一時凍結する」

「へ、陛下！　それはご無体というものです。どうかご再考を！」

「妾は廃案にしろ、と言っているわけではない。そなたが魔物と対話し、魔物たちが保護政策に同意するという言質《げんち》が取れれば、再び保護政策についての議論を始めることを許そう」

「そ、そんな無茶苦茶な!!」

「無茶？　おかしいな……。お前はその無茶をチチガガ湾の漁民や、ハンターたちに押し付けてきたのではないか？」

「それは――」

ヘンデローネは顔を背ける。

「魔物と対話をするためには、魔物が多く出る土地に領地替えをするのが良かろう。大臣、適当な土地はないか？」

「ならば、我が国の北――現在、オーグリア伯爵閣下が治めている領地が良いかと。あそこの『黒い森』には、魔物の王の一角『地戦王《ちせんおう》』エンシェントボアの住み処があると聞きます」

「ち、地戦王……」

ヘンデローネはそれだけ言って、絶句する。

北の土地の過酷さは、社交界の場にて伝え聞いていた。

一年の七割は雪に閉ざされ、魔物も巨大で強力なものが多いと聞く。

「ふむ。絶好の場所ではないか。夫人が好きな魔物がよりどりみどりだ」

「へ、陛下！　ど、どうかご勘弁を……。そんな危険な場所に送られては、我が身が持ちませぬ」

「黙れ、ヘンデローネ。今後、妾に口答えすることをすべて禁じる。……ここにそなたを呼ぶべきではなかった。そなたの言葉、口調、香水の趣味、鼻に付く自尊心。すべて妾を苛《いら》つかせる」

ついに肘掛けを叩く音が消えた。

ヘンデローネの白い肌を切るような静寂が訪れた時、不意に謁見の間にノックが響く。

代表して大臣が応対に出ると、女王に向かって一礼した。

「女王様、アストワリ家より献上の品が届きました」

「おお……。例のものが届いたか？」

先ほどまで悪鬼でも取り憑いたかのように冷ややかな怒りを浮かべていた女王の顔が、一転輝く。

早《はよ》う、とせがんだ。大臣は銀皿を受け取ると、ヘンデローネの横を通って女王に献上した。

アストワリ家と聞いて、ヘンデローネは顔を上げる。

銀皿を食い入るように見つめたが、蓋が載っていて中身まではわからない。

「女王陛下……。それは？」

「ん？　なんだ、ヘンデローネ。まだいたのか？」

途端、女王の目は鋭くなったが、やはり銀皿を前にして頬の緩みを抑えきれないらしい。

「これはスフレオムレツだ」

「スフレ……オムレツ…………？」

「ん？　スフレオムレツだ。知らんか？」

問題はそのスフレオムレツぐらいヘンデローネも知っている。

スフレオムレツぐらいヘンデローネも知っている食材のことだ。

「陛下！　そのオムレツに使われている卵は何ですか？　何の卵を使っているかお教えください」

ヘンデローネは手を上げて懇願《こんがん》したが、女王は無視した。

銀蓋が開かれる。

現れたのは、珍しい朱色のスフレオムレツだった。

「おお……。なんと美しい色じゃ。まるで黄昏を写し取ったようではないか」

女王陛下はうっとりと眺める。

スプーンの先でつつくと、スフレオムレツはふるりと震えた。

子供のように女王が料理と戯《たわむ》れる中、ヘンデローネの声量は次第に大きくなっていく。

「陛下！　陛下‼　どうか！　どうかその食材の出自を教えてください、陛下」

「静粛に、ヘンデローネ侯爵夫人！」

暴れるヘンデローネを近衛たちが両側から押さえ付ける。

いっそ北の地でもどこでもいいから追放してくれとさえ思ったが、それすら許されない。

ただ女王陛下が、スフレオムレツを呑気に食する姿を見ていることしかできなかった。

間違いない。あれはリヴァイアサンの卵で作られたスフレオムレツだ。

そうヘンデローネは確信するが、時は止まってはくれない。
ゆっくりとスプーンに載ったスフレオムレツが、女王の口へと運び込まれていく。
パクッ……。
ついに女王の口の中に魔物の卵で作られたスフレオムレツが消えた。
「うーん……。うまいのぅ」
女王は目を細め、満足そうに微笑む。
対するヘンデローネの唇は真っ青になっていた。
地位を奪われ、思想すら否定され、あまつさえ公爵令嬢《こむすめ》にすら先んじられた。
己の完全敗北を悟ったヘンデローネは、ついに壊れる。
「あ、あ……ああああああああああああああああああああああああ!!」
ヘンデローネの絶叫は、王宮全体にもの悲しく響き渡ったのだった。

ヘンデローネが追放され、ガンゲルは頭を抱えていた。
過剰な保護政策は女王によって一蹴され、事実上廃案となり、ハンターギルドでもSランクの魔物の討伐が可能になった。それはハンターギルドが、元の正常な組織に戻っただけの話なのだが、事はそれだけに留まらない。

ハンターが集まらないのだ。

それは、Sランクの魔物を討ち取ることが可能なハンターが集まらないという意味だけではない。

事の発端は、先日の4000万グラという料理ギルドの報酬にあった。

それがガンゲルやヘンデローネの手によって、ハンターたちに周知されてしまったがために、ゼレットのような離職者たちが、後を絶たないのである。

ハンターの減少は、ガンゲルにとって更なる悲劇を生んでいた。

パトロンもまた捕まらないのだ。

貴族たちがギルドなどを支援するのは、もちろん社会貢献だが、それ以外にも理由がある。

何か議会で法案や予算を通したい時、議会に参加する貴族には、世論を動かすための動員票というものが必要になってくる。例えばヘンデローネは、魔物の保護政策を推し進めるために、700名以上の会員を持つ、ハンターギルドのパトロンになった。このように金を使い、人が多く動員できる組織や団体に支援するのである。

しかしハンターが減れば、当然票数《あたまかず》も減る。

そのため支援先としての価値が下がり、パトロンが捕まりにくくなるのだ。

ハンターギルドが正常化したことによって、依頼数が増えていることは大変喜ばしいが、もはやEランクの魔物の討伐ですら、ハンターが見つからないという悪循環に陥っていた。

その影響は、ガンゲル自身にも及ぶ。

「ちょっと！　下水に詰まったスライムの退治にいつまでかかってるのよ」

「は、はひぃ!!　今すぐ!!」

怒り心頭の主婦の声に、ガンゲルは背筋を伸ばした。

街中を通る下水路に、膝上まで浸かったガンゲルは、手に持っていたナイフを取り落とす。

「しまった！」

ヘドロ状になった下水に手を突っ込み、ナイフの感触を探すがなかなか見つからない。

やっと見つけて掴んだと思った瞬間、思いっきり刃の部分を握り、手を切ってしまった。

「ぎゃあああああああ!!」

「ちょっと！　何やってんのよ!!　早くしないと、依頼料を払わないわよ」

主婦はプリプリと怒って、離れていく。

ガンゲルはそれを見送った後、「はあああ……」と大きく溜息を吐いた。

「俺も転職するか……」

つるりと禿げ上がった頭に手を置き、ガンゲルは空に向かって呟くのだった。

Mamono wo Karuna to Iwareta
Saikyo Hunter,
Ryouri Girudo ni Tenshoku suru

エピローグ

試食会は、まさに夢のような時間だった。

一介の食材提供者である俺に、爵位を持つ貴族たちが群がり、頭を下げる。

まるで英雄にでもなったかのように、気分がフワフワしていた。

おかげで宿屋『エストローナ』に戻ってきても、ひどく現実感がなく、何をするわけでもなく、俺はリルに寄っかかりながら、ぼうっとしていた。

「ちょっと！　ゼレット！　もうお昼よ！　いつまで寝てるの！」

火事でも伝えるようにフライパンを叩き、パメラが階段を上ってくる。

男の部屋にあっさりと侵入するなり、目くじらを立てた。

ちなみに俺の部屋の扉は壊れたままだ。

皮肉なことに、風通しがよく、夏場の間はずっとそのままにしておこうと思っている。

でも、弊害がないわけではない。

例えば馬鹿弟子が寝ぼけて、俺の部屋に入ってくるとかだ。

「ししょー……」

今も寝ぼけたまま柔らかな胸を俺の腰に押し付けていた。

「またあんたたち、何やってんのよ！」

「俺に怒るな、パメラ。間違って入ってきたプリムを叱れ！」

「あんたも注意しなさいよ！　毎朝！　毎朝！」

「俺が注意してこいつが治るなら、とっくの昔に治ってる」

「そ、それもそうね…………って違う！　プリムさん！　せめて服を着てください」

「ふにゃ！」

『ふわぁ……』

「リルも大あくびしないの！　全くもう！　ゼレット！　師匠のあんたがだらしないから、プリムさんもリルもこうなるのよ！」

魔王に迫る勇者の剣の代わりに、パメラは俺にフライパンを突きつけた。

装備こそゴミ同然だが、その勢いたるや勇者に引けを取らない。

「師匠はだらしなかったが、俺は真っ当な人間に育ったぞ。要は資質の問題だ」

「屁理屈ばっかり！　折角、おいしい朝ご飯作ってあげたのに」

「朝ご飯か……」

正直、昨日のスフレオムレツを食べた後だと、なまじ食欲が湧かない。

お腹は空いてはいるのだが、あのスフレオムレツを食べた満足感が未だに続いていて、どうも食指が動かなかった。

「浮かない顔ね……。朝食いらないの？　まあ、もうお昼だけど」

「昨日の料理を食べた後ではな」

「へぇ～。そんなこと言っていいのかな？」

パメラはニヤリと笑った。

「とぉ～ってもおいしい卵の黄身を使った料理なんだけど」

「何??」

俺は眉宇《びう》を動かした。


階下に下りると、パメラは早速台所に立って、腕まくりをした。

随分と気合いが入っているところを見ると、なかなかの自信作のようである。

本当は早く誰かに食べてもらいたかったのだろう。

白い湯気を吐く大鍋の中に、卵の黄身のような色をした乾麺が沈んでいく。

どうやらパスタのようだ。

朝から何を食べさせられるのだろうと思っていたが、パスタならお腹に入るかもしれない。

「できたわよ」

「え?」

しばらくして、テーブルに置かれたのは大きな椀だ。

そこには朱色のスープが縁《ふち》の近くまでなみなみと注がれていた。

おそらくスープに使われているのは、リヴァイアサンの卵で間違いなさそうだ。

だが、パスタの姿は影も形もない。

「パメラ……。パスタだったんじゃ?」

俺の反応を見て、パメラは悪戯に成功した子どものように笑う。

パスタ用のトングを沈めると、魔法のように黄色いパスタが濃厚なスープに絡まって現れた。

「おお……！」

「おいしそう」

『ジュルル』

俺たちは目を輝かせる。

「リヴァイアサンの濃厚卵黄パスタよ！」

おいおい。濃厚という意味をはき違えていないか。

パスタが濃厚な黄身の中に沈んでいるのだが……。

けれど、うまそうだ。

スフレオムレツを食べた時に感じた潮の香りに加え、黒胡椒の爽やかで刺激的な香りを感じる。

何より朱色のスープから現れるパスタのインパクトが半端ない。

さっきまで食指すら動かなかったのに、今はこのスープに顔面を埋めたいとすら思っていた。

「見てないで食べてみて。すっごくおいしいわよ」

パメラが挑戦的に微笑む。

金塊みたいに見せびらかされれば、さすがの俺も我慢できなかった。

食欲がないという言葉を撤回し、俺はパスタを小皿に装い、フォークで丸める。

卵から発する潮の香りを浴びながら、俺は口を付けた。

「うまっっっっっっっっ！」

わずかに芯の残る、ちょうどよく茹でられたパスタ。

そこに絡んでいるのは、リヴァイアサンの濃厚な黄身である。

鶏卵では味わえない深いコクと、爽やかな塩気はそのままに、パスタと一緒に喉奥へと突撃していく。

「ん？　この酸味はなんだ？」

「よく気付いたわね、ゼレット。チーズを混ぜ込んでいるのよ」

なるほど。チーズか。

ピリッとしていて軽くかかった黒胡椒と同じく、良いアクセントになっている。

しかし、なんと言っても見た目のインパクトに尽きる。

朱色の濃厚スープからパスタが出現する光景は、味と同じく何度見ても飽きがこない。

その衝撃な見た目を裏切らない、少しとろみがついた濃厚なスープの味は申し分なく、パスタと絡んだ姿は、もはや芸術の域に達していた。

「ふぅ……」

いつの間にか空になる。

俺は遠慮したが、プリムとリルが競い合うようにしてスープを飲み干していた。

「おいしかったでしょ？」

パメラが机に肘を突きながら、俺のほうを真っ直ぐ見据えて笑っていた。

答えなんて言わなくてもわかるだろう。

パメラの緑色の瞳には、口の周りいっぱいに黄身の痕をつけた俺が映っていたのだからな。

昨日のスフレオムレツもそうだった。

いや、その前の三つ首ワイバーンの首肉にしてもそうだ。

時間《とき》を忘れ、夢中になった。

こんなことは、Sランクの魔物を討伐した時以来だ。

強敵とあらば、俺は何時間、何十日と待ち続けた。

時間はかかっても、討伐した瞬間、かけた苦労を忘れることができるほどの歓喜があった。

それほど、Sランクの魔物との駆け引きは、俺の胸を熱くさせるものだったのだ。

今、それと同じことが起こっていることに、少し感動している。

「どう？　悪くないでしょ、魔物食も。もっと食べてみたいって思ったんじゃない？」

「ああ。確かに……。悪くないな」

「じゃあ、もっといっぱい魔物を捕ってきてよ。私も頑張って、解体の方法を覚えるからさ」

「そうだな。……もう少し頑張ってみるか、食材提供者」

「その言葉！　しかと聞きましたよ！」

突然、『エストローナ』の食堂にオリヴィアが現れる。

「依頼を受けてください。昨日の一件で、たくさんの貴族の方からご指名が来たんですから！」

持っていた依頼書の束を、ドンとテーブルに載せる。

何十件あるんだ、これ……。

「今やゼレットさんは料理ギルドの期待の星！　魔物食界の超新星といっても過言ではありません。

この機会にジャンジャン実績を伸ばして、食材提供者ナンバーワンを目指しましょう！」

「すごいじゃない、ゼレット！　私も応援するわ。世界一の食材提供者を泊めてるなんて、宿として箔《はく》が付くし、有名になってもっと宿泊客が来るかもしれないしね。あ。それだと部屋が足りないわね。思い切って、改築するのも悪くないわ」

キラキラと目を輝かせ、パメラは空を仰ぐ。

「ささ！　ゼレットさん、どれでもいいので依頼を受けて、スターダムを駆け上がりましょう」


断る……。


「「へっ？」」

勢いよくまくし立てていたオリヴィアは、首を絞めた鶏のように静かになる。

パメラにしても同様だ。リフォームのチラシから顔を上げて、目を瞬いた。

「ちょ！　どういうことですか、ゼレットさん」

「ゼレット！　さっき依頼を受けるって……」

「この依頼……。ほとんどがBランクやCランクの雑魚ばかりだ。Aランクですら一件だけ。言っただろ、Sランクの魔物しか受けないって」

「いや、それはそうですけど……」

「だいたいなんでみんなAランク以下の魔物ばかりなんだ？　リヴァイアサンの卵があれだけおいし

かったのだ。Sランクを狙ったほうが、おいしい思いができるだろう。依頼を出すなら、Sランクの魔物だ」

俺は唇に残った黄身の痕を指先で拭き取り、ペロリと舌で舐め取る。

「決めた。俺は金輪際、Aランク以下の魔物は食べない。食べるならSランクの魔物だ。それ以外は受け付けないと、貴族たちに言っておいてくれ」

「Sランクしか食べないって……。これって結局、ゼレットの舌が肥えちゃったってこと?」

「な、なんて頑固な人なの……。まさかこんなことになるなんて」

オリヴィアはがっくりと項垂れる。

Sランクの魔物を撃つスリル。

そのSランクの魔物を食べる楽しみ。

どちらも俺の胸を熱くするものだ。

討伐した魔物を高値で売って、しかも食べ物として食べられるなんて最高の人生じゃないか。

料理ギルドに転職した時、少し不安だったが、今なら言える。

俺が選んだ道は最良であったと。

Sランクの魔物を討つという大きな経験値と、高額の依頼料と待遇。

そして最高の料理が食べられるのだ。

今、確かに俺は幸福を噛みしめていた。

さあ、持ってこい。

俺にSランクの魔物を撃たせろ。
そして食べさせろ。

《了》

あとがき

みなさま、こんにちは。作者の延野正行《のべのまさゆき》と申します。

サーガフォレスト様では、前作『叛逆《はんぎゃく》のヴァロウ～上級貴族《じょうきゅうきぞく》に謀殺《ぼうさつ》された軍師《ぐんし》は魔王《まおう》の副官《ふくかん》に転生《てんせい》し、復讐《ふくしゅう》を誓《ちか》う～2』以来となります。前作がダークファンタジー戦記だったのですが、今回は異世界を舞台に、魔物を狩って、食べてしまおうという、どこぞの某大作アクションゲームみたいなコンセプトになっております。所謂、飯テロと呼ばれるシーンも数多く描写されていますので、是非白米を片手にご覧下さい。

帯にも少し書かれておりますが、『魔物《まもの》を狩《か》るなと言《い》われた最強《さいきょう》ハンター、料理《りょうり》ギルドに転職《てんしょく》する～好待遇《こうたいぐう》な上《うえ》においしいものまで食《た》べれて幸《しあわ》せです～』は、小説家になろうにて連載されており、ご好評いただいた結果、日間と週間において1位を獲得した作品となっております。

ただWEB版と書籍版は少し違っておりまして、いくつかご紹介させていただきます。

※ここからは若干ネタバレを含むので、ご注意下さい。

まず一つ目は料理の追加と変更です。帯をよく見ると、WEB版にはなかった料理の名前が出ているのですが、それが一つの追加点になります。さらに料理そのものが変わっている点もございますので、そちらはWEB版と見比べながら楽しんでいただければ幸いです。

二つ目は主人公ゼレットが何故、Sランクの魔物だけを狙うのか。WEB版にはなかった理由が、書籍版では明かされております。今後の展開を大きく左右されるかもしれないので、是非その点もチェックしてくださいね。

三つ目はラストの『ざまぁ』の変更。WEB版でも溜飲が下がるものだったかと思いますが、書籍版ではシーンを加筆しております。さらにヘンデローネが追い込まれておりますので、お楽しみに。

他にも味の表現、魔物の造詣の部分など、まだまだ変更点はあるのですが、ここで紙面が尽きてしまいました。次に謝辞を述べさせていただきます。

こちらからのどんな小さな要望に対しても、粘り強く本作りを手伝ってくれた担当編集様。繊細な筆致で躍動感と彩りを与えてくれただぶ竜《りゅう》先生。多くのネット小説の中で、私の作品を引き上げてくれた編集部の皆様。担当様と同じく最後まで粘り強く本作りを手伝ってくれたデザイナーの皆様。外に出ることも難しい中で、今もどこかで作品のために奔走いただいている営業の皆様。厳しい社会情勢の中でも店を開け、本を並べていただいている書店員の皆様。

そして、作品を手にとっていただいた皆様に感謝を申し上げます。ありがとうございます。

最後となりますが、こちらの作品は新レーベル『コミックノヴァ』にてコミカライズが決定しております。奥村浅葱《おくむらあさぎ》先生が描く表情豊かなキャラクターたちを楽しみにしていて下さい。

それではまた！

延野　正行

魔物を狩るなと言われた
最強ハンター、料理ギルドに転職する
～好待遇な上においしいものまで食べれて幸せです～
原作 延野正行
漫画 奥村浅葱
キャラクター原案 だぶ竜
狩猟×料理のグルメアドベンチャー
コミカライズ決定！
コミックノヴァにて
2021年7月より連載開始！
コミックノヴァ新創刊
COMIC NOVA
ノヴァ
©NOBENO MASAYUKI ©Okumura Asagi

叛逆のヴァロウ
Vallow of Rebellion
Written by Nobeno Masayuki
延野正行
画 村カルキ
上級貴族に謀殺された軍師は魔王の副官に転生し、復讐を誓う
「小説家になろう」発
最強軍師によるファンタジー戦記！
この戦い・・・
すべて俺の手の平の上だ!!!
©NOBENO MASAYUKI

魔物を狩るなと言われた最強ハンター、料理ギルドに転職する 1
～好待遇な上においしいものまで食べれて幸せです～

発 行
2021 年 6 月 15 日 初版第一刷発行

著 者
延野正行

発行人
長谷川 洋

発行・発売
株式会社一二三書房
〒 101-0003 東京都千代田区一ツ橋 2-4-3 光文恒産ビル
03-3265-1881

デザイン
erika

印 刷
中央精版印刷株式会社

作品の感想、ファンレターをお待ちしております。
〒 101-0003 東京都千代田区一ツ橋 2-4-3 光文恒産ビル
株式会社一二三書房
延野正行 先生／だぶ竜 先生

Printed in japan, ISBN 978-4-89199-714-4

※本書は小説投稿サイト「小説家になろう」（http://syosetu.com/）に
掲載された作品を加筆修正し書籍化したものです。